AF140861

Impressum:

© 2016 Undine Leverkuehn

Layout Buchblock: Angelika Fleckenstein; spotsrock.de

Verlag: tredition GmbH, Hamburg

ISBN Taschenbuch: 978-3-7345-6607-3
ISBN Hardcover: 978-3-7345-6608-0
ISBN eBook: 978-3-7345-6609-7

Bibliografische Information der Deutschen Nationalbibliothek: Die Deutsche Nationalbibliothek verzeichnet diese Publikation in der Deutschen Nationalbibliografie; detaillierte bibliografische Daten sind im Internet über http://dnb.d-nb.de abrufbar.

undine leverkuehn

Metamorphose

Novellentrilogie

Meinen Freunden

und dem verbliebenen Teil

meiner Familie

gewidmet

„Und so lang du das nicht hast,

dieses: Stirb und Werde!

Bist du nur ein trüber Gast

auf der dunklen Erde."

Goethe, Selige Sehnsucht

Inhalt

Ein ungelöster Fall

Kriminalnovelle

1.

J an, hochgewachsen, Anfang vierzig, begradigte seine Krawatte und stylte sein Outfit. Er war der typische Träger eleganter Anzüge. Sein dunkelbraunes Haar ließ keinerlei Assoziationen an einen zu groß geratenen Mitbürger südeuropäischen Ursprungs aufkommen, wenn man ihm ins Gesicht sah und freundliche, wenn auch etwas unterkühlte Blicke eines hellgrauen Augenpaares zu spüren bekam. Allein gegenüber dem weiblichen Geschlecht schien manches Mal – trotz aller Bemühungen um ein vollendetes Verhalten, gentlemanlike – die höfliche Distanziertheit einem Charme weichen, der sich selbst für unwiderstehlich zu halten schien.

Jan – er wusste was, er konnte was, und er war bei den meisten seiner Mitarbeiter beliebt. Als Bibliothekar hatte er sich seinen Chefsessel verdient. Sein Verhalten als Vorgesetzter war zwar von einer etwas oberlehrerhaften Nuance gefärbt, aber neben kühler Sachbezogenheit durch sympathische Kundgebung von Zuwendung und Hilfsbereitschaft aufgelockert. Fast alle seine Mitarbeiter wussten: er konnte seine Karten gut ausspielen, vor allem im Privatleben. Seine über bloße Charmebekundungen hinausgehenden Umgangsformen mit schönen Frauen, die ihm zu tief in seine grauen Augen blickten, waren hinlänglich bekannt. Er war ein

Mann, der sich über sein berufsbezogenes Wissen hinaus in der Kulturgeschichte auskannte, einige Fremdsprachen beherrschte und perfekt die Flügel der Seele in Schwingung zu versetzen verstand. Sollten allerdings Gespräche in Richtung naturwissenschaftlicher Bereiche anvisiert werden, so versuchte er geschickt davon abzulenken. Wer ihn besser kannte, wusste: er wollte sich keine Blöße geben. Er selbst hatte das große Defizit, das ihn in seiner Schulzeit gepeinigt hatte, gänzlich aus seinem Gedächtnis verdrängt: er war die Vollniete in Mathe.

„Hallo, Jan!" – „Hallo, Kim!" – Kim Berning war aufgetaucht – die Gefährtin seines Freundes Chris Martens – beide als Programmierer im größten Unternehmen der um einige Kilometer entfernten Stadt tätig. Sie waren froh, sie waren stolz darauf, dort eine, dazu noch wirklich gut bezahlte Anstellung gefunden zu haben. Aber sie waren ja auch gut in ihrem Job. Kim hatte längst von Jans Schwachstellen Wind bekommen. Natürlich hatte er sich auch ihr gegenüber am Anfang, als sie sich kennengelernt hatten, als der Mann aufgespielt, der sich gerne als Mister Allround verstanden hätte. Inzwischen zog Kim ihn gerne auf, indem sie voll in seine Lücken hineinstieß und darin herumpuhlte und in solchen Momenten ihre Überlegenheit genoss. Einen anderen Anlass zur Spöttelei sah sie in Jans Bindung an die Frau, mit der er seit einiger Zeit zusammenlebte – die hübsche Marga. Kim hielt sie für ein kleines, blondes, liebestolles Dummerchen, das Jan anschmachtete, dem sie aber nie Partnerin auf Augenhöhe würde sein können.

Die langen Beine übereinandergeschlagen, in lässiger Pose ihren Ellenbogen auf einen der Tische lehnend, an den sie ihren Sessel platziert hatte, räkelte sie sich auf ihrem sitzbaren Untersatz herum mit der Miene einer Überlegenheit, als wäre sie Jans Vorgesetzte. Ihn heiterte ihr Verhalten auf. Sie war anders als die meisten Frauen, die er kannte – und schon ganz anders als Marga – seine scheue derzeitige Gefährtin. – Kim war selbstbewusst, und das in erheblichem Maße. Ihre Art hatte allem Anschein nach schon auf Chris abgefärbt, der früher – zumindest in seinem Privatleben – kein Wässerchen trüben konnte. Doch inzwischen hatte sich das in einer Weise geändert, als ob seine Gefährtin ihm im Amüsant-sein-durch-Unverschämtheiten Nachhilfe gegeben hätte.

Die eigenständige, eigenmächtige Kim konnte schon einen Mann aus der Reserve locken, möglicherweise ohne Einsatz sprachlicher Mittel mit Ansporn zur Karrieregeilheit überhäufen – so schätzte Jan die Beziehung beider ein. – Er dachte an Marga: ja, sie war für ihn im Augenblick der angemessene Ausgleich – wenn er sich auch niemals auf sie allein würde beschränken können – aber das hatten sie ja beide besprochen und sie hatte genickt – wenn auch etwas betreten. – Er genoss ihre Verliebtheit, ihre unstillbare Sehnsucht nach ihm, die Hingebungsbereitschaft, die er so noch bei keiner Freundin erlebt hatte. Sie war, obwohl sie doch gewiss die Zwanzig bei weitem überschritten hatte, von ihren Gesichtszügen, von ihrer Gesamterscheinung her jugendlich geblieben, ein süßes Püppchen, das ‚Mann‘ kneten könnte nach seiner Fasson. Er hatte sie zum Fressen gern. – Über dies hinaus war sie bereit, in ihrem Job als Sekretärin Überstunden zu machen und halbe Nächte sich um die Ohren zu schlagen, um ihrer beider Kasse aufzubessern. Sie verdiente nicht schlecht – war sie doch in demselben Großunternehmen eingespannt wie Chris und Kim, wenn auch nicht in einem so qualifizierten Beruf.

Jan verabschiedete sich von Kim, sie gingen beide nach Hause. In einigen Stunden war ja bereits ein gemeinsames Treffen der beiden befreundeten Paare vereinbart. Jans Wohnung sollte der Treffpunkt sein.

Es dämmerte schon. Der Abend nahte beinahe schneller, als Marga und Jan mit Erledigungen und Vorbereitungen fertig sein konnten. Eile war geboten. Marga kam diesmal pünktlich von der Arbeit nach Hause – was Jan ihr hoch anrechnete, denn schließlich konnte ja jede Absage an einen Chef, nicht für unvorhergesehene Überstunden bereit zu sein, den Verlust des Jobs bedeuten – so wie die Lage im Augenblick sich zugespitzt hatte. Marga versuchte ihren Anteil zu einem gemütlichen, geselligen und genussreichen Abend beizutragen. Sie belegte Schnittchen mit sieben verschiedenen Wurst- und Käsesorten, gab Gurken oder Trauben zum Genuss der Vielfalt hinzu und hatte einen speziellen, von ihrem Gehalt finanzierten, überraschend teuren Champagner zum Anstoßen mitgebracht. Jan war entzückt. Die Wahl mit Marga als Teilzeit-Lebensgefährtin war wohl offensichtlich doch nicht die schlechteste – und hätte man nicht jeden Moment mit dem Eintreffen der Gäste rechnen müssen, so hätte er ein im wahrsten Sinne des Wortes umwerfendes Spiel jetzt sofort in die Tat umgesetzt.

Schon klingelte es an der Tür. Kim und Chris stürmten gut gelaunt in die gute Stube. Kim zog Jan in gewohnter Art eng an sich heran, drückte ihn, um ihn im Anschluss an dieses in Pose gesetzte Gebaren – zumindest mit gierigen Blicken – genüsslich zu verschlingen.

„Wo hast du denn den her? Hast wohl die Woche Lotto gespielt" – herrschte sie erstaunt, beinahe ein bisschen vorwurfsvoll den Gastgeber an, die Flasche mit Champagner der besonderen Sorte keine Sekunde aus dem Auge verlierend. Jan entgegnete wahrheitsgemäß: „Den hat meine Freundin mitgebracht." – „Marga – na, da muss ja eine ordentliche Gehaltserhöhung fällig gewesen sein. Ich kenne keine Sekretärin, die sich so etwas leisten könnte." – Kim konnte das Sticheln gegenüber der kleinen blonden Frau nicht lassen, die doch so verliebt zu Jan aufschaute. – „Die Chefin persönlich hat mir die Flasche empfohlen" – konterte Marga. – „Ich denke, du hast einen Chef." – „Nein, ich meine ja auch nicht irgendeine persönliche Chefin, der eine Sekretärin bei uns zugeordnet sein kann; ich meine die Chefin schlechthin." – „Na, jetzt wirst du aber größenwahnsinnig. Du meinst doch nicht etwa Frau Dr. Vera Rateberg! Die habe ich noch nicht mal zu Gesicht bekommen und Chris auch nicht." – Ohne Margas Antwort abzuwarten, griff Jan in das weibische Geplänkel ein, um bei dem Dialog der Damen der Möglichkeit einer Verschärfung entgegenzusteuern. „Von dieser geheimnisvollen Chefin ist mir schon manches zu Ohren gekommen." – „Sie soll für eine Leiterin dieses Gesamtkonzerns noch ziemlich jung sein und in den letzten Jahren das aus dem Unternehmen gemacht haben, was es heute ist" –

fügte Chris respektvoll hinzu. – „Wie ist so etwas möglich? – Eine junge Frau an dieser Spitzenstelle – eine Frau in einem wirklich vor maskulinem Bewusstsein triefenden Tätigkeitsfeld!", begann Jan sich zu wundern. – „Soweit ich informiert bin", erwiderte Chris, „ist sie direkt im Anschluss an ihr Mathe- und Chemiestudium in die Firma gekommen, hat dort neben ihrer Tätigkeit ihre Dissertation angefertigt, die in Fachkreisen dann als Knüller on high Level Furore gemacht hat. Man sagt ihr nach, dass sie auf Grund ihres Erfindungsgeistes das Unternehmen in wenigen Jahren dorthin geführt hat, wo es heute steht." – „Sie sei eine ausgesprochene Tüftlerin, die darüber hinaus noch eidetische Fähigkeiten besitze, vor allem auf Zahlen und Formeln bezogen", ergänzte Kim mit einem höhnischen Unterton auf Jan gerichtet, der in dieser Hinsicht, wie sie wusste, das krasse Gegenteil einer solchen um ihre seltenen Begabungen zu beneidenden Frau darstellte. Doch Jan ließ sich nicht provozieren. Er ließ seinen Charme spielen und bat die Gäste an die Tafel, zu Deftigem, Salzigem, Süß-Saurem und allerlei Naschwerk verlockend. Keiner war willens, sich bei Angeboten dieser Art gegenüber dem Bedürfnis, häufiger als gewöhnlich zuzulangen, mit Erfolg zur Wehr zu setzen.

Der Abend verlief jenseits der auf Provokation angelegten Sticheleien zwischen den beiden Frauen im Ganzen aufgelockert in einer ansprechenden Atmosphäre. Beim Abschiednehmen konnte Kim nicht darauf verzichten, mit ihren High Heels ausgestattet, Jan auf ihre Ebenbürtigkeit oder genauer gesagt ihre gefühlte Überlegenheit hinzuweisen, überzeugt davon, dass sie jeden Mann, nach dem ihr Begehren stand, auf einer Teilstrecke des Lebens zu seinem Vorteil im Rausch der Brandung über Klippen und Abgründe steuern könne.

2.

Nachdem die Gäste die gastfreundliche Stätte verlassen hatten, stürzten sich Marga und Jan in die Arbeit und waren kurzfristig mit dem Wiederherrichten der Wohnung beschäftigt. Sie stellten Gläser, Teller, Tassen und Bestecke in die Spülmaschine, kehrten notdürftig Krümel und Essensreste vom Küchenboden und beeilten sich, um zumindest ansatzweise den alten Zustand wieder herzustellen.

Jan freute sich auf den weiteren Verlauf des Abends in trauter Zweisamkeit. Er legte seinen Arm um die zierliche, fast noch mädchenhaft erscheinende Gestalt, zog sie langsam und behutsam immer näher an sich heran. – In solchen Augenblicken wurden Margas gesamte Erinnerungen an das – wie auch immer geartete – Tagesgeschehen ausgeblendet. Sie vergaß die Welt. Sie sah, sie spürte nur ihn. Er war ihre Welt. Sie vernahm den Klang seiner Stimme, sah das aufflackernde Begehren in seinen Augen, spürte das Streicheln seiner Hände, die ihren Körper mehr und mehr in Besitz zu nehmen begannen. Zu neuen Ufern lockten neue Phantasien: berückend, überwältigend. In ihrer Imagination entstand ein übermächtiges, allliebendes Wesen, das sie umfing – das ihren Leib zum Umfangen auserkoren. In dieser Wonne beseligender Einbildungskraft hätte sie sterben mögen, um eins zu werden mit der geheimnisvollen Offenbarung, die sich ihr eröffnete. Sie hatte einen Raum jenseits des Schwerefelds betreten, schwebte auf Wolken und träumte dem Tag ohne Morgen entgegen.

Aber das Ticken der Zeituhr in seiner grausamen Zerstörung aller Visionen, seiner Verschwisterung mit der Reminiszenz der Vergänglichkeit holte zum irreversiblen Vernichtungsschlag aus. Das Geheule und Gejohle einer Weckuhr älteren Datums vertrieb selbst in Jans Erinnerung die Süße erfahrener Traumwelten. – Das Tagewerk forderte seinen Tribut.

Marga – zurück in den Beta-Fluss ihres Bewusstseins gelangt – musste sich sputen, um pünktlich in der Firma zu sein. Sie räumte noch schnell den Tisch ab, um Jan bezüglich ihrer hausfraulichen Qualitäten nicht zu enttäuschen, zog ihren alten Regenmantel, der Witterung angemessen, über und griff nach ihrer großen, schwarzen Mappe voller Unterlagen, auf die Jan nie im Leben auch nur einen Blick geworfen hätte.

Chris war schon früh in der Firma eingetroffen und hatte sich vorgenommen, mal kurz bei Marga vorbeizuschauen. Er wollte sich wegen Kims unüberhörbarem Mini-Mobbing, ihren kleinen Attacken, entschuldigen. Freilich wusste er nicht genau, in welchem Raum, auf welchem Platz Marga zu finden sein könnte. Nie zuvor hatte er sie in der Firma kontaktiert. So versuchte er es in den unteren Stockwerken, dort, wo die meisten Sekretärinnen in Gruppen an kleineren Tischen saßen. Aber er hatte kein Glück. Sie war nirgends anzutreffen. Da er noch genügend Zeit hatte vor seinem offiziellen Arbeitsbeginn, versuchte er an ein Verzeichnis der in der Firma angestellten Sekretärinnen heranzukommen, was ihm auch gelang. Aber der Name 'Marga Moll' war nirgendwo verzeichnet. So musste Chris zunächst einmal sein Vorhaben aufgeben, was ihm Leid tat. Denn auch er hatte Jans kleine Freundin ins Herz geschlossen und bedauerte, dass Kim Wesenszüge dieser Art kaum aufzuweisen hatte.

Chris hatte sich bisher nicht einmal bemüht, Stockwerke und Räume des großen Hauptgebäudes, in dem er beschäftigt war, näher zu inspizieren. Da er sich nun mal gerade auf Erkundungstrip begeben hatte, beschloss er, noch mal einen Blick in die darüber liegende Etage zu werfen. Er traf dort auf Herrn Dr. Mühlbauer, der, wie er wusste, zum Führungspersonal gehörte. Über Blickwechsel und kurzen Gruß hinaus kam es jedoch nicht bei den Herren, da eine schmale, zierliche, aber dennoch elegante Gestalt mit auffallend gepflegtem, schulterlangem, kastanienbraunem Haar Mühlbauers Aufmerksamkeit auf sich zog. „Guten Morgen, Frau Dr. Rateberg" – vernahm Chris – schon am Ende des Flurs angelangt – den ehrerbietigen Gruß des Personalchefs – für einen Moment verdutzt darüber, wohl zum ersten Mal der Chefin persönlich begegnet zu sein, die er sich doch ganz anders vorgestellt hatte.

Der Weg zu seinem Arbeitsplatz führte ihn an Kim vorbei, der er sofort von diesem Ereignis Bericht erstattete. „Du, die Chefin gesehen?" – schnitt sie ihm das Wort ab. „Die Chefin residiert oben in ihrem Penthaus und schleicht bestimmt nicht mit ihren

Angestellten durch die Gänge. Aber in dieser Firma will sicher jeder Mann mal der mächtigsten Frau der Stadt begegnet sein. Träum weiter, mein Junge!"

Chris, der Auseinandersetzungen und hintergründige Sticheleien dieser Art nicht ausstehen konnte, begab sich an seinen Arbeitsplatz, ohne in der Mittagspause noch mal nach der Partnerin zu sehen. – Kim dagegen genoss ihren freien Nachmittag und beschloss nach einigen Stunden erfolgreichem Shopping ihren lieben Freund Jan zu besuchen, der wohl inzwischen zu Hause anzutreffen sei. Marga werde wohl, wie immer, mit Überstunden bei ihrem Chef beschäftigt sein und ihr nicht in die Quere kommen.

Kim führte nichts Gutes im Schilde. Sie beschloss, ihr länger geplantes Vorhaben endlich in die Tat umzusetzen. Für Jan hatte sie einen Part in einem Rollenspiel vorgesehen, das er – experimentierfreudig, wie er war – bestimmt nicht abschlagen würde. Den 'Weiberheld' als manipulierbar, als handhabbaren Waschlappen zu erleben, als Hampelmann, der sich locker aufziehen lässt, als Knirps, den man beliebig auf- und überspannen kann, als Trottel, der es genießt, nach ihrer Pfeife zu tanzen – das hatte sie sich als Ziel gesetzt. –

Bei Jan zu Hause angekommen, kam sie auch schon ohne Umschweife zur Sache. Sie habe eine neue Spielidee zu Papier gebracht, einen Spielverlauf konstruiert, der mit etwas Mut auch ausgeführt werden könne. Sie selbst habe gar nichts dagegen, jetzt und hier mit der Premiere zu starten. Dieses Spiel sei zwar in die

Gruppe der seichten, aber dennoch amüsanten Sadomaso-Vergnügungen einzustufen und mache ihm bestimmt Spaß. Sie selbst würde dabei gerne mal in eine Rolle schlüpfen, in der sie als die aktiv Wirkende alle Fäden in der Hand halte. – Jan zog ein wenig die Mundwinkel nach unten; eigentlich konnte er Spielchen dieser Art nur wenig abgewinnen. Aber er wollte Kim gegenüber nicht kneifen und erklärte sich in weltmännischer Gewandtheit, mehr noch in gespielter Bejahung lüsterner Gepflogenheiten zu allen Schandtaten bereit.

Kim zerrte an seinem Anzug, ließ kein Kleidungsstück mehr an seinem Körper und fesselte ihn mit Handschellen – die sie eigens für Amüsements dieser Art erworben hatte – an seinem Liegestuhl, den sie eiligst aus der Ecke hinter dem Schrank gezerrt und damit aus dem Schlaf der Standfestigkeit befreit hatte. So lag er ausgestreckt, als wolle er in pausenloser Ergötzung dem Nudismus frönen; Füße und Hände waren ihrer Bewegungsfähigkeit beraubt. Kim stand vor ihm und versetzte ihm ein paar schallende Ohrfeigen. Nur etwas hatten sie beim Herumschrammen mit dem Liegestuhl überhört: Marga, die heute schon etwas früher ihren Dienst beendet hatte, stand in der Tür und hatte die letzten Aktionen ihren Augen und Ohren zugemutet – aber nicht lange. Sie ließ ihre Mappe fallen und war im Nu aus der Wohnung verschwunden. – Jan versuchte vergeblich sich von den Fesseln zu befreien. Kim eilte ihm zu Hilfe mit den tröstenden Worten, seine Kleine könne ja sicher kein Spaßverderber sein – und wenn doch, dann habe sie sich sicher den falschen Boy angelacht. – Jan begann von diesem Augenblick an Kim zu hassen. Und erst jetzt war er sich darüber im Klaren, dass seine Beziehung zu Marga zu den großen Kostbarkeiten in seinem Leben gehörte.

Marga! – Wo war sie nur geblieben? – Wo war sie nur hingegangen? – so hämmerte es hinter seiner Stirn und er fühlte sich von einer zuvor nie gefühlten Panik ergriffen. Ja – er hatte große Angst um die geliebte Freundin.

Getragen von der Hoffnung, auch nur einen kleinen Hinweis auf Margas möglichen Verbleib zu finden, durchforstete Jan sorgsam die benachbarten Straßen, schaute sich in jedem Hauseingang um, überall dort, wo ein kleiner Mensch unbemerkt Unterschlupf finden könnte. Doch sein Bemühen war vergeblich. Aber nein – sein Nachbar – er war doch Polizist oder Kommissar oder irgendetwas in dieser Richtung, schoss es ihm durch den Kopf, und schon raste er den Weg bis zum Nachbarhaus, klingelte und bat um Einlass in einer lebenswichtigen Angelegenheit. Er berichtete von dem Vorfall – wenn auch nicht so ganz zu seinen Ungunsten – und bat ihn bei der Suchaktion um Hilfe. Herrn Rexroths Schäferhündin Tina durfte an Margas Schal schnuppern, begann mit dem Schwanz zu wedeln und flitzte wie ein geölter Blitz vorneweg, um die ihr gebührende Wegweisung zu übernehmen.

Marga stand auf der Brücke, die von Jans Wohnung etwa eine halbe Fußstunde entfernt lag. In zirka fünfzig Metern Tiefe wurde das Auge in Mitleidenschaft gezogen von etwas, das sich früher einmal Fluss nannte: einem industrieverseuchten Gewässer mit aufgerissenem schwarzem Rachen. Und schwarz sah es in ihrer

Gedankenwelt aus, vor der die geschundene Seele nicht Halt machte. – Wie hatte sie ihn geliebt, wie hatte sie ihn zum Mann ihrer Sehnsüchte erkoren – mit wieviel Ergebenheit waren ihr die liebkosenden Blicke, die besänftigenden Worte, die berauschende Macht seiner Stimme zur unauslöschlichen Erfahrung geworden – alles vorbei! Ihre Träume, einen großartigen Menschen als Partner gefunden zu haben, waren mit einem Schlag vernichtet. – Sie wusste, ja sie wusste es, dass es für ihn da noch andere Frauen gab. Er hatte es ihr gesagt, sie hatte es akzeptiert. – Aber ihn in der Gestalt des Ausgelieferten, des Wehrlosen, des Geschlagenen zu sehen – ihn – der in ihren Visionen Stärke und Halt bedeutete, für den sie kein Risiko, keinen Einsatz gescheut hätte, durch den sie erfahren durfte, was Glück bedeutet – das war zu viel. –

Sie blickte hinab auf die im Sturmregen sich aufbäumenden Wasser. – Doch dort, weiter oben – was war das, was da durch das geschwärzte Gewühle hindurch sich an ihre Seele schmiegte? –

Ein Kläffen, immer lauter werdend, mit unerwartetem Ansturm zu permanenter Verstärkung anwachsend, erschlich sich schon bald Zutritt zu ihrem Gehörgang – ja, da war doch einer, den sie kannte, genauer gesagt, eine Sie, die ihre Fährte aufgenommen hatte – Tina! – Seit sie bei Jan eingezogen war, begrüßten sie sich fast täglich. Die verspielte und anhängliche junge Schäferhündin, der kein Laut entging, war eine echte Freundin, die man in einer ganz anderen Weise als einen Menschen ins Vertrauen ziehen konnte. Sie fühlte direkt, wie es um einen bestellt war. Keine zum

Lug entarteten Worte hätten bei einem solchen, zur Einheit mit der Natur verschmolzenen Wesen fruchten können.

Jan kam mit Herrn Rexroth eilends auf beide zu, zerrte Marga vom Geländer der Brücke weg und schloss sie in die Arme, kniete schließlich vor ihr, um sie um Verzeihung zu bitten. Tina schmiegte sich an beide, sah ihnen tief in die Augen, so dass keiner den Wünschen, keiner dem in gewisser Hinsicht der Gattung 'homo sapiens' überlegenen Wesen widerstehen konnte.

Zu Hause angekommen, gab Jan seiner geliebten Marga das Versprechen, allein mit Chris als Vertrautem weiterhin Umgang zu pflegen, aber mit Kim jegliche Kontaktaufnahme in Zukunft zu vermeiden. „Ich will sie nie mehr wiedersehen!" – sprach er im sonoren Brustton der Überzeugtheit. – „Du wirst sie nie mehr wiedersehen!" – antwortete Marga.

Jan versuchte Marga in dieser Nacht jeden Wunsch von den Augen abzulesen, gab ihr zu verstehen, dass sie – trotz seines Hanges zu Eskapaden – die Frau sei, mit der er immer zusammen sein wolle. Marga kam ohne gelenktes Zutun ihres Willens etwas in den Sinn, womit sie als Schülerin zum ersten Mal konfrontiert worden war – ein Zitat aus Goethes 'Faust' – der zweifelsfrei unter den Dichtern bei ihr den ersten Platz einnahm: „Die Botschaft hör' ich wohl, allein mir fehlt der Glaube."[1]

---

[1] J. W. Goethe, Faust und Urfaust, S. 23, Stuttgart, 1966 (Kröner)

Der Morgen dämmerte schon; Jan hatte nicht locker gelassen, sie wie ein kostbares Kleinod zu beäugen, pfleglich und mit größter Sorgsamkeit zu behandeln und sie nach allen aufzubietenden Spielarten der Kunst zu verwöhnen.

Der kleine Zeiger des Weckers begann mehr und mehr in Richtung der Sieben sich vorzutasten. Ein Klingeln ernüchterte die nächtliche Romantik und löste den Menschen von ihrem betörenden Zauber.

Mit einem Ruck erhob sie sich und schickte sich an, in die Kleider zu schlüpfen und für den Job zu rüsten. Sie hatte eine Weile zu kämpfen, um Jan von der Notwendigkeit ihrer Gegenwart in der Firma zu überzeugen. Das Argument, sie könne durch ihre Tätigkeit am besten das Geschehene verarbeiten, veranlasste ihn schließlich dazu, sie gewähren zu lassen. – So fuhr Marga gerüstet, aber nicht allzu materialbeschwert, früher als üblich zu ihrer Arbeitsstelle.

Etwa zehn Minuten vor dem offiziellen Arbeitsbeginn der in der dritten Etage des Hauptgebäudes sesshaft gewordenen Programmierer-Gruppe erblickte man kurzfristig einen seltenen Gast. Frau Dr. Rateberg, die Herrin des Hauses, schickte sich an, dort einen Blick auf die neu gelieferten Computer zu werfen. Zwei davon wählte sie aus, um diese im Hinblick auf ihre Tauglichkeit zu überprüfen. Es war bekannt, dass sie bei allen wesentlichen Entscheidungen, auch den Neuerwerb von Firmeneigentum betreffend, in erster Linie sich selber traute und bisweilen – ob frei von

Kontrollzwang, sei dahingestellt – die Dinge entsprechend überprüfte.

Die meisten Mitarbeiter waren noch nicht anwesend. Aber für diejenigen, die sie schon einmal gesehen hatten und wiedererkannten, war dieser Besuch ein Ereignis. – Offensichtlich war sie in Eile und augenscheinlich nicht dazu in der Lage, auch nur auf einen Morgengruß zu antworten. Wenn der verhüllende, elegante Schal, der sich um ihren Hals schmiegte, das verriet, was man annahm, so hatte sie im Augenblick wohl Schwierigkeiten damit, ihrer Stimme Ausdruck zu verleihen. – Nach einem stummen Kopfnicken verließ sie den Raum und entschwand im Fahrstuhl auf dem Weg nach oben. Die Arbeitskräfte waren inzwischen vollständig anwesend; alle Programmierer hatten die ihnen zugeteilten Plätze an den jeweiligen Tischen mit den entsprechenden Computern eingenommen. Das Tagesgeschehen nahm seinen Lauf.

Kim, die permanent ihre Augenbefeuchtungstropfen dicht neben dem ihr zugewiesenen Gerät lokalisiert und schon zum dritten Mal am heutigen Tag benutzt und in ihre grünen Augen eingeträufelt hatte, sah nach getanem Tagewerk gut gelaunt den bevorstehenden Abendstunden entgegen – hatte sie sich doch bereits ein neues Opfer für ihre amüsanten Spielchen auserkoren, einen feschen Junggesellen, der sich für sie in Schale geworfen hatte und geschniegelt und gebügelt einem Abenteuer entgegenfieberte. – Chris brauchte ja von all dem nichts zu wissen.

Stolz spazierte sie durch die erstaunlich geschmackvoll einge-richtete Wohnung des wohl recht gut situierten Kollegen Jens Dahlke, den sie zu ihrem neuen Spielgefährten erkoren hatte. – Da – plötzlich – was war das? – Sie konnte auf einmal in ihrem Umfeld – dem Zimmer – das Mobiliar und dort vorhandene Gegenstände, die sich unmittelbar vorher ihrem geübten Gedächtnis eingeprägt hatten, die Dinge ihr zur Linken nicht mehr richtig erkennen. Die überraschende Einschränkung ihres räumlichen Sehens blieb auch Jens nicht verborgen. Die einsetzende Orientierungslosigkeit, die sich immer mehr ihrer bemächtigte, zerrte an ihren Nerven und sie erlebte – wohl zum ersten Mal in ihrem Leben – so etwas wie Un-sicherheit, die sich in Richtung Panik zu entwickeln begann. Sogar bei Formulierungen von Begriffen bekam sie plötzlich Schwierig-keiten. Worte, die ihr sonst von selbst über die Lippen flossen, mussten mit Mühe geformt werden, gingen in einzelne Laute und stellenweise nur noch in Lallen über, das sie zwar hörte und kör-perlich spürte, aber nicht mehr unter Kontrolle zu haben schien. – „Sag mal, bist du auf einem LSD-Trip? – Hat dir vielleicht ein Ma-cker vom Bahnhofsviertel eine gestreckte Droge verabreicht?" – begann der flotte Junggeselle zu lästern und Kims Zustand auf die leichte Schulter zu nehmen. – Aber bald war ihm nicht mehr zum Lachen zumute: Kims Mundwinkel schienen in irreversibler Weise verzerrt nach unten zu hängen und gaben der sonst so sicher und attraktiv wirkenden Erscheinung den Anstrich von Hässlichkeit. – Sie selbst hatte das Gefühl, zunächst durch eine schwindelerre-gende Talfahrt abwärts und dann auch schon in einem permanent sich beschleunigenden Fall eines Fahrstuhls in die Tiefe zu sausen.

Plötzlich erstarrte sie, fiel zu Boden, blieb liegen – unbeweglich, wie gelähmt.

Jan benachrichtigte den Notarzt, der ihm von Besuchen nach dem Skiunfall seiner Schwester in angenehmer Erinnerung geblieben war. – Dr. Holmfeld fuhr trotz dieser fortgeschrittenen Stunde umgehend zum Haus des Anrufers, stürmte in die Wohnung, blickte erschrocken auf die am Boden liegende junge Frau und alarmierte sofort den Rettungswagen. Kim wurde aufgebahrt und in die Klinik gebracht.

3.

Marga und Jan beabsichtigten in diesem Jahr an der großen Maskerade, die jährlich an Fasching zu buntem Treiben einlud und ihren Platz auf dem Programm der großen Liste zugeeignet bekam, teilzunehmen. Sämtliche vorfindlichen Faschingsklamotten, Larven und Masken wurden zunächst einmal ausgekramt. Beide begannen einfach mal spaßeshalber mit einem Rollenspiel frei aus der Improvisation heraus, wie es die Phantasie ihnen eingab. Marga war hier und jetzt einzig und allein dazu in der Lage, in die Rolle der liebenden Frau zu schlüpfen, die ihr ja quasi fern von jeder Verkleidung und Verstellung auf den Leib geschrieben war. Sie begab sich in die fiktive Gestalt einer Namenlosen, die entweder nichts von ihrer Herkunft wusste oder ihren Namen – aus welchen Motiven auch immer – nicht preisgeben wollte. „Der Name sagt nur etwas über die soziale Rolle des Menschen aus, also lediglich über das, wozu die Gesellschaft ihn zurechtgeschneidert hat, aber nichts über seine innere Wirklichkeit" – so lauteten die Worte, die ihr spielerisch entschlüpften. Jan begann sie daraufhin mit feurigen Blicken zu demaskieren – eine Attacke, die sie gerne über sich ergehen ließ. – „Eine Frau lässt allein ihre Maske fallen für den Mann, den sie liebt" – diese Worte, die eine Koinzidenz zwischen Spiel und Wirklichkeit schufen, umfingen den Zauber der Nacht.

Schon früh am Morgen klingelte das Telefon. Chris' Stimme klang panisch am anderen Ende der Leitung. – „Kim ist tot." – „Wie – was? – Ich habe sie doch gestern noch in der Firma gesehen – mit Jens Dahlke. Entschuldige, dass ich dir auf diese Weise von den Eskapaden deiner Partnerin berichte." – Jan fühlte sich verpflichtet angesichts dieser schlimmen Botschaft Chris reinen Wein einzuschenken. „Ich habe bisher geschwiegen, da mich das Ganze eigentlich nichts angeht:" – „Ich weiß, ich weiß" – stöhnte die Stimme am anderen Ende verzweifelt in den Hörer hinein. „Aber trotzdem, so jung zu sterben, das wünscht man keinem. Die Ärzte haben als Todesursache Hirnschlag diagnostiziert, wollen aber noch die Hintergründe erforschen." Jan teilte Marga den Inhalt des Gesprächs mit, die nach einem kurzen Ausdruck des Bedauerns auf die Gefahr eines allzu leichtsinnigen Lebenswandels hinwies, obwohl sie ansonsten keine antiquierte oberlehrerhafte Verhaltensweise mit einverleibtem kategorischem Imperativ für sich zu beanspruchen pflegte.

Marga musste – diesmal früher als sonst – an ihrem Arbeitsplatz zur Stelle sein, verabschiedete sich von Jan wie immer – als wären sie durch eine Zeitstrecke, die eine weltmeerdurchquerende Kreuzfahrt in Anspruch nimmt, voneinander getrennt – und nahm nach kurzer Fahrt und einem kleinen Fußmarsch zum Haupthaus der Firma ihren isolierten Sitzplatz ein.

Als nach getätigtem Tagewerk beide sich am Abend wieder begegneten, stand auch schon der Nachbar vor der Tür, der bezüglich seiner Zusammenarbeit mit dem Kriminalkommissariat pro forma einige Rückfragen habe. Er begann zunächst über einen gewissen, ihm zur Weitergabe erlaubten Stand der Ermittlung zu sprechen. Der Tod der jungen Frau werfe nun doch gewisse Fragen auf. Es handele sich möglicherweise nicht um eine natürliche, sondern um eine willentlich herbeigeführte Todesursache. Man habe ihr verändertes Blut noch mal genauer mit Hilfe eines Massenspektrometers untersuchen lassen und dort einige Restbestände eines wahrscheinlich chlorophyllähnlichen Mittels entdeckt, das möglicherweise durch bestimmte Lichtfrequenzen im Körper aktiviert worden sei. – „Jetzt sagen Sie mir" – wandte sich Rexroth hilflos an seinen ahnungslosen Nachbar – „wer setzt eine solche Geheimwaffe ein, um eine Programmiererin aus dem Weg zu räumen? – Das Ganze hat keine Logik, macht keinen Sinn. Wenn da ein ganzes über einem Geheimprojekt brütendes Forscherteam – oder selbst wenn – was eher unwahrscheinlich ist – eine einzige vereinsamte Singularität unter den Forschern einen solchen Wirkstoff entwickelt haben sollte, dann würde doch jedes Motiv fehlen, denselben an einer wehrlosen Frau zu erproben, ohne jemals die geringste Erfolgsaussicht zu haben, durch Einblick in die Konsequenzen des begonnenen Experiments das Resultat der biochemischen Mutation für weitere Forschungen verwenden zu können. – Ich sage Ihnen, das ganze Kommissariat ist in Aufruhr. Voraussichtlich ist das ein Fall für den CIA." – „Was soll ich dazu sagen?" – entgegnete Jan, inzwischen mit dem Wagemut ausgestattet, zu seinen Schwächen zu stehen. „Ich bin in allen naturwissenschaftlichen Bereichen eine totale Niete und habe auch herzlich wenig von ihren Ausführungen verstanden." – „Ja, die einzige, die in diesem

Fall meines Erachtens wirklich ein Motiv hätte, ist von der Möglichkeit der Täterschaft so weit entfernt wie Ganymed vom Mittelpunkt der Galaxis." – Im Verlauf seiner Aktion, diese eher amüsante als ernst gemeinte Anspielung weiterhin in Sprache umzusetzen, warf Kommissar Rexroth, einen gewissen Stolz auf seinen Zugang zum Abruf erworbenen Wissens ausstrahlend, augenzwinkernd der im Hintergrund versteckten Marga einen flüchtigen und freundlichen Blick zu und verschwand auch schon wieder gedankenbeschwert aus dem Blickfeld.

Schon ungeduldig blickte man ihm auf dem Kommissariat entgegen. „Herr Rexroth, wir haben eine genauere Differenzierung der Analysen erhalten. Auf der Basis dessen können wir zumindest hypothetisch ansatzweise erschließen, was der jungen Frau passiert sein könnte. – Die einzelnen Restbestände des Giftes, die in ihrem Körper vorgefunden wurden, Großmoleküle, mit Hilfe des Massenspektrometers näher spezifiziert, lassen darauf schließen, dass durch den unbekannten Wirkstoff zum einen eine Anreicherung der IgM Paraproteine Auslöser der Blutverdickung gewesen sein könnte, ferner die uns noch unbekannte Zusammensetzung eines endogenen Neurotoxins die Zerstörung von Nervenzellen bewirkt haben könnte, eventuell auch den Verschluss einer Arterie – was zum Schlaganfall und durch die Intensivierung der Wirkung letztlich zur Todesfolge geführt hat. – Der Auslöser dafür, dass das Mittel – möglicherweise über die Augen in den Körper eingeschleust – aktiviert wurde, könnte – wie wir schon vermutet haben – eine gewisse, nicht genau zu rekonstruierende chlorophyllartige Substanz unter permanenter Einwirkung einer bestimmten Lichtfrequenz gewesen sein. Bei einer Programmiererin liegt die Dauer-konfrontation mit einem Computer als auslösender Faktor wohl sehr nahe. Dies könnte eine mögliche, wenn auch nicht unbedingt zwingende Erklärung für die Todesursache der jungen Frau sein."

Kommissar Weyrich, der früher einige Semester Biochemie studiert hatte, hielt mit seinen Ausführungen inne. „Wir müssen damit rechnen, dass der CIA von einem nicht zu rekonstruierenden Mittel Wind bekommt, das – wie es in diesem Fall wohl den Anschein hat – durchaus als Waffe eingesetzt werden könnte. Ich gehe davon aus, dass in der Firma alle vorhandenen Unterlagen sichergestellt, alle Schränke durchstöbert werden und kein Steinchen auf dem andern bleibt" – ergänzte Rexroth.

Das Telefon klingelte. Am Ende der Leitung meldete sich Mühlbauer, der in der Regel über die Neuigkeiten in den oberen Etagen der Führungsspitze bestens informiert war. Er teilte mit, dass einige CIA-Agenten die bisherigen Untersuchungsergebnisse des hiesigen Kommissariats anforderten.

Das Penthaus der Chefin wurde in keiner Weise geschont, sondern bis in den letzten Winkel durchforstet. Frau Dr. Rateberg wirkte dabei ruhig und gelassen und ließ protestfrei die Herren ihre Arbeit verrichten. – „Sie wurden als Studentin bereits von einem Pharma-Unternehmen als Mitarbeiterin eingestellt. Ihnen wurde ein Dauerauftrag mit mehr als großzügigem Gehalt in Aussicht gestellt" – „den ich aber abgelehnt habe" – so begann sich der Dialog zwischen einem CIA-Beauftragten und der Chefin zu entwickeln.

Die Herren entwendeten dem Penthaus und manchen Großräumen der oberen Etagen ihnen wichtig erscheinendes Material – wenn sie auch auf den ersten Blick nicht das aufgezeichnet fanden, wonach sie suchten: Strukturformeln von Großmolekülen und Hinweise auf den Ablauf biochemischer Prozesse – Neu-Entdeckungen.

Mühlbauer und weitere Chefs der oberen Etagen wussten, dass die Chefin aus Gründen der Humanität gewisse verlockend erscheinende Angebote früher abgelehnt hatte. „Selbst wenn sie was zu verbergen hätte – was mir aber sehr unwahrscheinlich scheint – würden es diese Affen vom CIA doch niemals spitz kriegen. Die Frau hat doch nicht nur die Strukturformeln ihrer eigenen Kreationen, sondern nahezu eines jeden Riesenmoleküls, mit dem in der Pharmaindustrie operiert wird, nur an einer Stelle versteckt – bei ihren eidetischen Fähigkeiten erübrigt sich jede Aufzeichnung" – so Mühlbauer und die unter Kopfnicken seiner Auffassung beipflichtenden Kollegen.

Die Herren vom CIA verschwanden mit Kopien – in den Augen der Firmenleiter unerheblichen Materialien – und mit Helfershelfern, die sie als 'Schlepper' beauftragt hatten. Der Alltag nahm seinen Lauf.

Im Kommissariat wurde 'Der Todesfall Kim Berning' vorläufig als ungelöst zu den Akten gelegt mit dem Vermerk: 'Nicht lösbar nach dem momentanen Ermittlungsstand'.

4.

Marga und Jan verbrachten – die Turbulenzen des Tages hinter sich lassend – an denen sie zu kurzer Teilhabe aus der Perspektive des Beobachters verpflichtet worden waren – einen Abend in trauter Zweisamkeit. Flaschen und Gläser standen bereits auf dem Tisch. Jan bevorzugte einen edlen trockenen Roten, bei Marga konnte man am ehesten mit Spätlese, besser noch mit Beerenauslese oder Eiswein zur Verwöhnung der Geschmacksknospen beitragen. Sie war halt eine Süße, die Süßes nicht entbehren konnte. Eine neu erworbene CD befleißigte sich bereits ihres Dienstes. Eine entsprechend ausgestattete Anlage sorgte für Qualität auch in den Ohren anspruchsvoller Hörer. Das Hörerlebnis, vorwiegend bewirkt durch impressionistische Klänge des späten neunzehnten und des frühen zwanzigsten Jahrhunderts, steigerte merklich die Empfindung zu einer Synästhesie des Gesamterlebens. Programmmusikartige Elemente aus dem Werk von Jean Sibelius begannen den Hörer in eine dunkle, wie hinter dichtem Baumbestand verschlossene und geheimnisvolle nordische Landschaft zu locken, in der karge Lichteffekte mit gespenstisch anmutenden Schatten-Landschaften sich zu vermischen schienen.

Beide genossen die schaurige Schönheit der durch die technische Perfektion auditiv erzeugten Stimmung, so dass sie von einer anhaltenden Melancholie überflutet wurden, aus der sie sich nicht mehr lösen wollten. Dieser Auftakt eines stimmungsvollen Abends führte allmählich das erlebende Ich seiner ersten Tiefenstufe des Alpha-Zustands entgegen und gab es allmählich auf dem Weg über das flutende Decrescendo hinab in die Tiefe der Seele dem Zauber der Selbstvergessenheit anheim. "Umfangend umfangen"[2] glitten sie – allein vom Sofa, auf dem sie saßen, im Hier und Jetzt gehalten – hinüber ins Land der Träume und Visionen.

Ernüchternd schrillte die Weckuhr und stieß aus ihrem metallischen Körper den zerstörenden Weckruf – unfähig zur Dilatation der Zeit. – Jan wusste, dass Marga für eine Woche vom Dienst suspendiert war und einen Teil der ihr zustehenden Urlaubstage mit ihrer Mutter verbringen wollte – einer armen, kranken, hörgeschädigten Frau, die etwa zweihundert Kilometer in Richtung Norden auf dem Land lebe. – Allein der Kontakt über das Handy könnte an diesen Tagen zu Marga die Verbindung herstellen.

Jan, an diesem Abend allein, auf sich bezogen und unter dem selbst gewählten Vorsatz stehend, endgültig in einem sehr konventionellen Sinne Treue zu halten, rang sich dazu durch, Marga bei ihrer Rückkehr mit einem besonderen Geschenk zu überraschen: dem Verlobungsring. – Er durchstöberte die Juweliergeschäfte und suchte nach einer symbolträchtigen Besonderheit. Die Initialen

---

[2] J. W. Goethe, 'Ganymed', Hamburger Ausgabe 1, S. 47, München, 1974

MM – für Marga Moll stellvertretend – und JK – für Jan Kyffhäuser stehend – sollten eingraviert werden; und er wurde fündig: die beiden Ringe aus Weißgold, in ihrer Mitte jeweilig einen Lapislazuli mit ins Auge fallender Yin-Yang-Symbolik. – Ja! Genau passend! Nicht die teuersten Steine könnten diese Zeichen ersetzen.

Da inzwischen bereits zwei Tage seit Margas Aufbruch gen Norden vergangen waren, begann er die Geliebte schmerzlich zu vermissen und gleich einem Fetischisten bereits ihr Handy zu liebkosen, von dem Wunsch beseelt, endlich eine Verbindung herzustellen. Schweigen am anderen Ende der Leitung. Als er nach mehrfacher Wiederholung des Wahlversuchs und auch eine Viertelstunde später nichts anderes als das nervenaufreibende stereotypische Tuten im Hörer vernahm — fern jeder Regung einer menschlichen Stimme — hätte er am liebsten das verdammte Ding in die Ecke gefeuert. – Das Telefon, das in diesem Augenblick einige Meter weiter auf seine Rechte pochte und zum Hörer-Abheben zwang, hielt ihn von diesem aggressiven Ausdruck der Frustration zurück. – Chris war der Anrufer und fragte ihn, ob er heute schon die Zeitung aufgeschlagen habe. Jan verneinte und erklärte, dass ihn ganz andre Sorgen aus der Fassung brächten, nämlich die Tatsache, dass er Marga nicht erreichen könne. „Schau mal an, unser Casanova, jetzt hat's ihn wohl doch erwischt" – spöttelte Chris am andern Ende, irgendwie erfreut über diese Entwicklung – versuchte aber sofort den Freund zu beschwichtigen mit Worten wie: es könne wohl passieren, dass jemand längere Zeit unterwegs sei und einfach sein Handy zurückgelassen habe. – Durch nicht dechiffrierbare Ursachen wurde plötzlich das Gespräch unterbrochen. Jan rief Chris nicht zurück und schenkte dem Hinweis bezüglich eines zu lesenden Zeitungsartikels keine Bedeutung. – Wiederholt klingelte das Telefon. Diesmal war nicht Chris am Apparat, sondern sein Nachbar: Kommissar Rexroth. – „Die ganze Stadt ist aus dem Häuschen. Ein folgenschweres Unglück bezüglich der weiteren Entwicklung des Großunternehmens, in dem auch deine Freundin arbeitet, trifft uns alle. Es wird mit an Sicherheit grenzender Wahrscheinlichkeit auch Auswirkungen auf das Leben unsrer Stadt haben." – „Leider weiß ich nicht, wovon Sie reden. Mir ist viel Schlimmeres passiert. Ich kann meine Freundin nicht erreichen" – gab Jan in bodenständiger Bezogenheit auf sein unmittelbares Umfeld und der damit in Verbindung stehenden Aktivierung seines Gefühlslebens dem aufgeregten Kommissar zu verstehen. „Deine Freundin weiß sicher Bescheid und ist wahrscheinlich schon in Panik wegen ihrer Arbeitsstelle. – Die Chefin ist tot." – „Die Chefin interessiert mit herzlich wenig. Natürlich würde ich bedauern, wenn Marga ihre Stelle verlieren würde, zumal wir ja dabei sind, uns ein gemeinsames Leben aufzubauen. Aber ich bin in Sorge. Ich weiß noch nicht einmal, ob Marga im Augenblick in Sicherheit ist und ob es ihr gut geht. Ich versuche jetzt sofort noch einmal auf dem Handy zu ihr durchzudringen." – Mit diesen Worten hatte Jan auch schon den Hörer aufgelegt und tippte auf dem Handy die vertrauten Ziffern an. Ja, in der Tat, auf der anderen Seite schien sich etwas zu tun. Da regte sich etwas, das in irgendeiner Weise nach menschlicher Stimme klang, wenn auch irgendwie nervös und von Panik ergriffen. Er wurde jedoch angeherrscht von einer auffallend anderen Stimme. Man wollte wissen, woher er diese Nummer habe. Jan sagte schlicht: "Das ist die Handynummer meiner Verlobten: Marga Moll." – „Wir kennen keine Marga Noll oder Moll oder wie auch immer. Wir haben hier andere Sorgen" – ballerte die Abfuhr zornig durch die Leitung. Der Kontakt wurde unterbrochen.

Am anderen Tag wählte Jan die Tageszeitung als Lektüre Nummer eins und erfuhr, dass Frau Dr. Rateberg wohl plötzlich an Herzinnenwandentzündung verstorben sei – aber dass, um sicher zu gehen, ob es sich auch wirklich um eine natürliche Todesursache handele, eine Obduktion angeordnet sei, bevor der Leichnam zur Beerdigung freigegeben werde.

Jan stand zunächst einer weiteren Kontaktaufnahme per Handy skeptisch gegenüber, da man ihm ja nicht weiterhelfe. Allein das Wohl Margas lag ihm am Herzen, alles andere war ihm gleichgültig.

Die Nachrichten in den öffentlichen Medien bezüglich des Vorfalls häuften sich. Inzwischen erfuhr man, dass die Chefin – vermutlich aus Sicherheitsgründen – möglicherweise mit dem Beginn ihrer Arbeit bei Großunternehmen – ihr Äußeres unter einer perfekten Tarnung verborgen habe: Perücke und Maske. Am Tag ihrer Beisetzung könne man sie aufgebahrt in ihrer naturgegebenen Gestalt sehen.

Jan kam ins Grübeln. Ja, eigentlich jeder Mitarbeiter – unabhängig davon, ob er im Augenblick seine Urlaubstage abfeiert oder nicht, ist sicherlich in einem solchen Falle zur Teilnahme an der

Beisetzungszeremonie verpflichtet. Falls ich Marga nicht erreiche – überlegte er weiter – werde ich wohl oder übel an ihrer Stelle daran teilnehmen und ihr dann detailliert vom Verlauf der Zeremonie berichten müssen. Trotz Beurlaubung dort gewesen zu sein könnte ja bedeuten, bei dem Chef zu punkten. Vielleicht ist in einer solchen Situation ein Solidaritätsbeweis angebracht und kann zur Erhaltung des Arbeitsplatzes beitragen.

Jan war mit seiner inneren Zwiesprache nach sorgfältiger Abwägung der Gründe ins Reine gekommen und beschloss nun endgültig, an der am kommenden Donnerstag terminierten Zeremonie teilzunehmen und sich detailliert Personen, Gesichter und Besonderheiten des Gesamtverlaufs einzuprägen. – Jeder seiner Versuche, durch das Wählen von Margas Handynummer auch nur irgendeinen Kontakt herzustellen, verlief in der monotonen Versandung des Gehörgangs durch das stereotype Signal der Verweigerung jeglicher Verbindung. Als der Donnerstag endlich Jan zu dem unliebsamen, für ihn anonymen, aber dennoch wohl unvermeidlichen Friedhofsbesuch zwang, überlegte er noch einmal, auf welche Details er achten müsse, um Marga Bericht erstatten zu können. Schließlich wollte er eine solide Voraussetzung schaffen, um ihre Teilnahme an der Zeremonie vor den Augen ihres Chefs realitätsnah erscheinen zu lassen.

In der illustren Schar der Trauergäste, oder genauer gesagt, der vielen neugierigen Besucher angekommen, die mit Sicherheit sonst lieber Bestattungsstätten den Rücken kehrten, stellte sich Jan am Ende einer langen Warteschlange an. Sie wuchs und wuchs. Mit

Kameras ausgestattete Reporter wurden mit Drohungen überhäuft. Es verging eine halbe Stunde, bis Jan in die Nähe des Eingangs, der den Blick in einen kleinen Raum offenlegte, gelangte, in dem wohl der Sarg mit dem aufgebahrten Leichnam stehen musste. „Na, die letzte Hürde werde ich wohl noch nehmen, jetzt will ich es genau wissen" – drang die Stimme eines Hintermanns an sein Ohr, der wohl auch seine Ungeduld wegen der langen Warterei kaum noch bezähmen konnte. –

Noch fünf Personen vor ihm, die den Eingang stürmten, und er hatte es geschafft – so tickte es in endhirnspezifischen Arealen, die sich ständig gegen den aus archaischen Zentren über sie herfallenden Frust zur Wehr setzten. Die Besucher vor ihm schienen eigentlich alle nur einen Blick auf den Sarg werfen zu wollen. Manche Gesichter zeigten Spuren des Erstaunens. Warum? – Über das, was sie dort vorgefunden hatten? – Inzwischen wurde er selbst von einer gewissen Neugier angesteckt. Ja, jetzt – die letzten über den Sarg Gebeugten wichen zur Seite. Jan konnte nun die Gestalt im Sarg erkennen, ihr nah sein – es schien ihm, als wäre sie lebendig – das blonde Haar, die zarte Haut, das liebliche Gesicht – das Antlitz eines jungen Mädchens. – Ein Hintermann fing den zu Boden Stürzenden auf und blickte in die weit geöffneten Augen. Leise, aber gerade noch deutlich vernahm er die Worte, die der verstummenden Stimme entströmten: „Mein Gott – Marga!"

* * *

Im Labyrinth der Zeit

der Zeit

Psychologische Novelle

„Manche Leben sind durch die Zeit

miteinander verbunden

durch einen Ruf,

der durch die Geschichte hallt."

Jordan Mechner

Einleitung

Merkwürdig, bemerkenswert, beängstigend und faszinierend zugleich – ist der Weg des Bewusstseins durch die Geschichte – des nach Festigkeit, Bestehendem, Bleibendem, nach unumstößlichen Gesetzen strebenden Ich, des nach maßstaborientiertem Soll-Bestand ausgerichteten Handelns, das – allen Glücksverheißungen zum Trotz – sich aus der Kraft der Überwindung speist, bei seiner Grenzerfahrung jedoch, von der Macht des Faszinosum ergriffen, seine Waffen strecken muss.

Wie ist es begreifbar, nachvollziehbar, verstehbar, dass für ein und dasselbe Bewusstsein eine Loslösung von jeglicher Empfindsamkeit seiner sensitiven, aus dem Atem der Natur, aus Fleisch und Blut gewordenen, bis ins Mark zu erschütternden Existenz vollzogen werden kann, eine Loslösung bis hin zur Abstumpfung in die Fühllosigkeit hinein? Wie ist es möglich, dass gerade die Grenzerfahrung überreicher, erfüllter Existenz für das Bewusstsein als Voraussetzung eines solchen radikalen Wandels zu begreifen ist?

Auf welche Weise erscheint es nachvollziehbar, dass die beseligende Macht der Liebe, des beflügelnden Eros, einseitig rational orientierte, zurechtgezimmerte Sinngebungskonzeptionen in ihren

Grundmauern erschütternd, das Bewusstsein zur Verneinung des Belebenden, zur Flucht aus der Nähe des Quelles verändernder Erneuerung, zur Bekämpfung, ja zur Ausrottung des Lebensprinzips schlechthin treiben kann? Wie ist es zu verstehen, dass gerade die lebendigste, die höchste aller Mächte – scheinbar im Scheitern begriffen – letztlich an der abstrahierenden Begriffsbildung blutleerer Konzeptionen über das sogenannte 'Unveränderliche', über das 'Bleibende', gefangen in der Leblosigkeit, seine Zuflucht und seinen rettenden Notanker sucht?

Können die beiden im Grunde unvereinbaren Existenzformen – einer 'contradictio in adjecto' vergleichbar – in ein und demselben Bewusstsein erfahren werden – so dass diese Erfahrungsweise nicht in schizoider Abspaltungstendenz das Bewusstsein letztlich verharren lässt? Können sie – über einen großen Zeitraum hinweg – in ein und demselben Bewusstsein erlebt, durchlebt und durchlitten werden?

1.

Burga Freienfels stand wieder mal völlig neben sich, als sie auf die archaisch anmutende Fassade des alten Universitätsgebäudes blickte und dessen zu Stein erstarrte Daseinsweise bestaunte, der sie Jahrhunderte überdauern ließ.

Sie wusste nicht, ob sie lachen oder weinen sollte. Ihre Zukunft, ihre Zuflucht, fern von Pflichtveranstaltungen, konnte sie sich nicht – zumindest nicht präzise ausmalen. Sie winkte den freundlich ihr entgegenlächelnden Studenten zu, denen sie mit Vergnügen als Anregung und Stütze gedient hatte. Sie dachte in keiner Weise daran, auf diese Aufgabe in Zukunft zu verzichten. Der Anblick ihrer Mitarbeiter erfüllte sie mit Stolz und Zuversicht.

Für den Zeitraum der letzten zwei Jahre ihrer Tätigkeit wurde sie, nachdem sie einen inneren Kampf ausgefochten hatte, beurlaubt und als Mitarbeiterin an einem vielversprechenden Forschungsprojekt vorgeschlagen, das aus ihrer Perspektive neue Wege, eine neue Methode des Forschens erschlossen hatte.

Gewisse Aspekte des Lebens ließen sie allerdings völlig gleichgültig. Sie erachtete solche für gänzlich unbedeutend. Die Gestaltung ihrer äußeren Fassade, sprich Kleidung, war eigentlich eine problematische, wenn auch in ihren Augen völlig belanglose Angelegenheit. Einen würdigen, genauer formuliert, einen altersgemäßen Eindruck zu erwecken, lag ohnehin jenseits ihrer Möglichkeiten.

Ihr ungeschminktes, nicht übertünchtes, mit schlichter Kleidung überhangenes Outfit erinnerte – wenn man ihr tatsächliches Alter bedachte – am ehesten an eine fiktionale Gestalt, die sich zwei Jahre lang auf einem Erkundungstrip am Rande der Galaxis bewegt hatte, aber eben deshalb nur um zwei Jahre und nicht – wie der Rest der Erdbevölkerung – um dreißig Jahre gealtert war.

Befreit von Schmuck und Schminke und in ein Kostüm vergangener Jahrzehnte gehüllt, versuchte sie ihr Erscheinungsbild zu verschleiern, das eher an eine Studentin, in deren Angesicht sich bereits Züge gezielter Willenskraft eingeschrieben hatten, erinnerte als an eine gerade vom Lehrstuhl der Neurobiologie dem regulären Alter gemäß in den Ruhestand versetzte Fachkraft.

Der gemeinsamen Zusammenarbeit mit Bewusstseinsforschern galt Burgas besonderes Interesse, das sie in ihrer Abschiedsvorlesung nochmals hervorgehoben hatte. Hirnforschung zu betreiben und dabei Grenzfragen nicht auszuklammern – über den Tellerrand empirischer Forschung hinauszublicken und offen zu sein für Fragen am Limit des Lösbaren – war für sie mehr als eine Grundeinstellung, zeigte sich nach wie vor als Tenor ihrer Geisteshaltung, ihrer Schaffenskraft und beherrschte ihr Leben und Wirken.

Gedankenverloren schlenderte sie zehn Minuten lang durch die Landschaft, vorbei an der großzügig angelegten Grünanlage mit dem etwas dürftigen Baumbestand im Hintergrund. Immerhin schuf dieser Anblick eine einladende Umrahmung von Gebäuden, denen man trotz erfolgter Restaurierung den Staub verblichener Zeiten anmerkte. Die meisten Stockwerke dieser ehemaligen Wohnhäuser, in denen vermutlich ein gutbürgerlich wohlgenährtes Inventar angestaubter Insassen im Brustton der Sinnhaftigkeit ihrer Lebensweise ihre Lebensmelodie zum Klingen gebracht hatte, waren schon vor längerer Zeit zu Seminarräumen umfunktioniert worden, um ihrem Fortbestand den Charakter wandlungsbereiter Offenheit zu verleihen.

Burga erreichte die an den Universitätstrakt angrenzende Straße und ging mit beschleunigten Schritten auf die Teestube zu, die sie als Stätte der Entspannung, der angenehmen, wenn auch nicht ganz vom Small Talk befreiten Diskussionen in Erinnerung hatte. Sie betrat die ihr vertrauten Räume und platzierte sich zielstrebig am Nachbartisch einer ins Gespräch vertieften Gruppe von Studenten. Sie erinnerte sich an ehemalige Seminarteilnehmer mit verschiedenen Studienkombinationen. Die zwischen Wissensansammlung im empirischen Bereich und Weltanschauungssuche Hin- und Herpendelnden saßen zwischen reinen Positivisten, die jedes sowohl emotional als auch weltanschaulich gefärbte Gespräch ablehnten, wurden aber ihrerseits von den gesellschaftlich Engagierten attackiert, für die bei allem ernsthaften Betreiben eines Studiengangs die Wandlung der Gesellschaft – der Weg hin zu umfassenderem Demokratieverständnis – und die Loslösung von irrationalem Gehabe sogenannter Sinnsuche im Vordergrund des Denkens und Handelns standen.

„O nein, ein antiquierter Dogmatismus sowie die von einer breiten Öffentlichkeit längst überwundene Ablehnung weiblicher Arbeitskräfte in etablierten Berufen – darin zeigen sich nicht nur Haltungen, an denen Völker, die in archaischem Denken gefangen sind, festhalten" – ergriff Mark Weißenfeld das Wort. „Es sind in der Tat antiquarische Relikte im Fühlen, Denken und Handeln unsrer ach so fortschrittlichen Gesellschaft bis heute noch nicht überwunden. Meine liebe Schwester, die übrigens inzwischen ihr Mathe-Diplom mit Auszeichnung bestanden hat, konnte es sich nicht nehmen lassen, mit ihrer klangvollen Stimme den Kirchenchor zu schmücken. Gegen eine Beschäftigung dieser Art kann man zwar zunächst nichts einwenden. Aber passt mal auf, was dabei herausgekommen ist. Es kam so weit, dass sie von einigen Wichtigtuern und Tratschmäulern dieser besagten katholischen Kreise verfolgt wurde, die ihr möglicherweise auf Grund ihres attraktiven Äußeren Promiskuität andichteten und mit Erfindungen dieser Art hausieren gingen. Die gesamte lächerliche Angelegenheit hat allerdings zu dubiosen Anrufen geführt, die für Mona regelrecht beängstigend wurden." – „Soweit ich informiert bin, gehört deine Schwester doch, psychologisch betrachtet, zur seltenen Gruppe jener High-Functioning-Autisten, jenen Intellektuellen mit hoher Denkkraft und Erfindungsgabe, die aber leider im Emotionalen große Schwierigkeiten und vor allem Berührungsängste haben, die sie oft durch verbale Hervorhebung des Gegenteils zu verschleiern suchen. Sie halten sich meist von der Gesellschaft fern und gehen in ihren Interessen auf" – schaltete sich der vertraute Studienfreund und Psychologiestudent Oliver Martens ein. Er war Burga aus ihren Seminaren bekannt, da er als Nebenfach Neurobiologie belegt hatte. „Bei diesen sogenannten 'Aspergern', wie sie früher genannt wurden, ist es möglich, dass der Frontalkortex in geringerem Maße mit dem Temporallappen verbunden ist als bei Otto Normalverbraucher. Meines Erachtens kann jeder froh sein, wenn er nicht von dieser Sonderform einer solchen Anomalie betroffen ist" – setzte Oliver seine Rede fort. „Solche Menschen sind meist sehr einsam – vielleicht konnten sie ja nur aus einer solchen Disposition heraus zu großen Denkern werden. Wenn auch Albert Einstein oder auch der Philosoph Ludwig Wittgenstein – wie behauptet wird, davon betroffen gewesen sein sollen, so kann man dennoch keinen beneiden um diese im Bereich der Abstraktion ausgeprägte Form von sogenannter Genialität – hat sie doch etwas dem Commonsense, der Welt Entfremdetes. Menschen dieser Art haben selten echte Freunde und wahrscheinlich wenig Freude am Leben."

„Ich möchte gerne noch mal auf die unverschämte Reaktion jener unverschämten Personen zurückkommen, zu dem, was unser geschätzter Kommilitone bezüglich des Missgeschicks seiner Schwester uns mitgeteilt hat" – so lautete der Einwurf von Richard Drating. „Ich kann nur sagen, dass so viel Verblödung, die solche Reaktionen erzeugt, nur in sehr konservativen Vereinigungen sogenannter Glaubensgemeinschaften herrschen kann, die ihrem

Wesen nach entartet sind, nicht mehr das sind, was sie zu sein vorgeben, und so ihre höchsten Werte, ihre vielgepriesene Nächstenliebe zum Beispiel, ad absurdum führen durch ihr Verhalten. Bei Ekklesiogen-Neurotikern soll sich ja die aparte Absonderlichkeit zeigen, dass bei manchen ihrer Vertreter zwischen dem Hypothalamus und der Großhirnrinde mehr Verkehr zu herrschen scheint als auf den Hauptbahnhöfen europäischer Großstädte. Aber natürlich ist eine solche psychologisch oder soziologisch bedingte Disposition kein Entschuldigungsgrund für das, was deiner Schwester zugefügt wurde. Ich würde, lieber Mark, an deiner Stelle Anzeige erstatten – und das bei der richtigen Stelle. Keine Gruppe hat in einem demokratischen Staat das Recht, so mit Menschen umzugehen." – „Ich muss Richards Position beipflichten" – schaltete sich Klaus Petri in das Gespräch ein, der erstaunlicherweise bis dahin geschwiegen hatte. „Wer sind wir eigentlich? Sind wir als Studenten lediglich zum Durchziehen unsres Studienprogramms verpflichtet? Sollten wir uns nicht am Pioniergeist vergangener Zeiten, an den Endsechzigern des zwanzigsten Jahrhunderts, ein Beispiel nehmen? Oder sind wir Zombies, zur Leblosigkeit verdammt – oder Automaten, bei denen jede Aktion, die der Humanität zu ihrem Recht verhilft, zum Schweigen verurteilt ist und angekränkelt von der Reflexion nicht zur tatkräftigen Durchschlagskraft sich emporläutern kann?"

Burga gefiel das Engagement dieser kleinen Studentengruppe, zeigten sich dort doch Eigenschaften, die sie entweder selbst nie besessen hatte oder nicht zu besitzen wagte. Sie war ehemals ein schüchternes Kind, das auf Grund gewisser Sonderbegabungen das Gymnasium besuchen durfte, dem man aber von Seiten einiger dort tonangebender Nonnen zu verstehen gegeben hatte, dass es auf Grund seiner sozialen Herkunft nicht auf eine Höhere Schule gehöre.

Was sie heute besaß, war Wissen, nicht nur auf ihren Fachbereich beschränkt, Denkkraft, ferner die blasse Ausstrahlung der Intellektuellen, die es – sogar in finanzieller Hinsicht – geschafft hatte, fliegen zu lernen – aber niemals über eine gewisse Umzäunung hinaus. Den Mut, sich jenseits vorgegebener Anpassung zu entwickeln, hatte sie nie besessen. O ja, sie war auch eine von jenen – das war ihr als Neurobiologin in begründeter Weise klar: sie war im Grunde ihres Wesens – trotz ihres Rufs in der auf ein akademisches Publikum beschränkten Öffentlichkeit – ein schüchterner 'Aspie', eine Aspergerin, die man um der eigenen Vorteile willen zwar umgarnte, die aber ansonsten jedem Partylöwen schnurz piepe war.

2.

Malerische Gestaltung verliehen dem kleinen Städtchen die restaurierten Fachwerkhäuser und auch jene Gebäude, die nicht mehr in der Lage waren, mit ihrer stolzen Anzahl von Jahren, die sie offensichtlich erreicht hatten, zu kokettieren. Ein in seiner Isolation gelebtes Eigendasein hatte dort – unabhängig vom Geist der Zeit – sein eigenes Wohlgefühl entwickelt.

Eine im wahrsten Sinne des Wortes konservative Elite, die sich zur Bewahrung der Tradition auserlesen sah, unterstützte den Bau von Denkmälern, die Errichtung von Bibliotheken, die Restaurierung von Kirchenorgeln und ihre Entwicklung hin zu noch klangvolleren Mixturen und verlieh dem Städtchen Glanz und Würde. Meisterkonzerte umrahmten die stolze Kulisse.

Burga lebte, zurückgezogen in ihr privatbürgerliches Leben, im Schatten jener herrlichen Elite, die ihr zwar mehr Respekt erwies, als es ihr lieb war, sie aber auf Grund ihrer unfreiwilligen Geschlechtszugehörigkeit nicht gendergemäß an ihrem Zirkel partizipieren ließ. Selbst ihr im Do-it-yourself-Style erworbener Lebensstandard, der auf Grund ihrer Veröffentlichung allgemein gefasster Literatur zur Thematik der Neurobiologie jener besagten Gruppe in keiner Weise nachstand, konnte bei der kleinstädtischen Bevölkerung diesen Mangel nicht ausgleichen. Die Differenz zwischen der Lebensweise auf diesem bezaubernden Fleckchen Erde und einem den Geist der Zeit repräsentierenden Weltbürgertum, das immerhin ansatzweise in Universitätsstädten zum Leben erwacht war, schien unaufhebbar. Man fühlte sich wohl, aber nicht nur um Jahrzehnte zurückversetzt.

Burga sah diese ständige Konfrontation mit beinahe unüberbrückbaren Differenzen als eine Herausforderung und hatte in dieser kleinstädtischen Idylle, einige Kilometer von der Universität entfernt, ihr Domizil gewählt.

Ihr zu einem Pferdeschwanz zusammengebundenes, naturbelassenes goldblondes Haar ließ ihre knabenhafte Gestalt noch jugendlicher erscheinen, als es ohne dieses im Widerspiel der Bewegungen frei flatternde Relikt vergangener Zeiten den Anschein hatte. Sie genoss die Atmosphäre des konventionell gepflasterten, high heeled sicherlich unbegehbaren Bürgersteigs und fühlte sich plötzlich in ihre eigene Vergangenheit zurückversetzt. Sie verweilte zu kurzem Gruß oder auch zu erzwungenem Plausch überall dort, wo es unvermeidlich war und Worte ins Jenseits der Offenheit erschlichen wurden. Sie wurde immer mehr in den Bereich der Kontakt-, weil Respektsperson gedrängt, wobei der Mensch, die Privatperson, in immer größere Ferne rückte.

Ein ‚Hallo‘ von Seiten einer im Städtchen auffallend gekleideten Erscheinung riss sie aus depressionserzeugenden Reflexionen. Die zu personifiziertem Überblick ausgestattete hohe Gestalt, der elegante, witterungsangepasste Sommermantel, der Hut über mittelbraunem Haar und markanten Gesichtszügen, die zielgerichtete und dennoch mit sportlicher Lässigkeit gepaarte Vitalität der Gesamterscheinung versetzten sie sekundenartig in eine andere, dem Schweigen anheimgegebene Welt, geführt durch einen Menschen, den sie vor etwa dreißig Jahren kennen und bewundern gelernt hatte.

Er galt als Torheit den Aufsteigern und als Dorn im Auge den Erfolgsorientierten. Von Hause aus begütert, war er frei vom Zwang des finanziellen Erwerbs trotz familiärer Bindung. Er hatte als Student mit großem Interesse sein Mathematik- und Philosophiestudium betrieben und erfolgreich zum Abschluss geführt. Trotz lukrativer Angebote hatte er sowohl die Tätigkeit in Industrieunternehmen wie auch in dem von ihm geschätzten Universitätsbereich verschmäht. Menschen aus verschiedenen Schichten zusammenzuführen galt sein Vorhaben. Als Privatgelehrter hatte er einen Zirkel gegründet und unterstützte Menschen jeglicher Altersstufe finanziell und ideell. Damon Abarrax – eine imposante Gestalt, von seinen Anhängern verehrt – setzte sich für die Durchsetzung einer politischen Idee ein, die von amtierenden Parteien vernachlässigt worden war.

Gleich einem unvorhersehbaren Funken schien in Hochgeschwindigkeit ein Partikel von submolekularer Winzigkeit dem weit geöffneten Hellgrau seines linken Auges zu entspringen und

Burgas rechtes Auge zu durchdringen, die – wie von einem Stromschlag getroffen – kurz zu vibrieren begann und sich einige Sekunden lang aus jenem zum Ereignis gewordenen Tremendum und Faszinosum nicht lösen konnte.

Burga hatte die Erinnerung an alte Zeiten, die Erinnerung an ihn verdrängt. Alle Details, damals geführte Gespräche wurden wieder präsent und erwachten zu neuem Leben. Erlebte Situationen wuchsen unauslöschlich aus ihrer Erinnerung empor und trugen sie mit sich fort.

Sie erinnerte sich an alles: Trotz ihres frühzeitigen Vorlesungsbeginns an dem Morgen danach, jenem Morgen, der dem Abend ihres Beitritts zu dem außerordentlichen Zirkel gefolgt war, hatte sie im Anschluss an die offizielle Sitzung Stunden mit dem Meister verbracht. Gegen fünf Uhr am Morgen zu Hause angekommen, hatte sie sich dann noch kurz eine Mütze Schlaf gegönnt. Alle Einzelheiten, der gesamte Verlauf dieses Abends und auch späterer, darauf folgender kommunikativer Aktionen wurden in ihrem Gedächtnis wieder lebendig.

Eine trotz ihrer Intensität als frei und unabhängig erlebte Freundschaft aller Mitglieder untereinander hatte sich damals entfaltet. Alle waren sie in die Familie des Gründers integriert. Die Begeisterung, aus der fast alle Teilnehmer des Zirkels gelebt hatten und der sie sich selbst trotz ihrer kritischen Verschwörung gegen das gefühlte Leben nicht entziehen konnte, ließ sie die Zeit ihrer damaligen Lebensgeschichte erneut durchleben, so als hätte die inzwischen vergangene Zeit stillgestanden.

Oft hatte in der darauf folgenden Zeit der Geschichte einer außergewöhnlichen Freundschaft mit dem Meister Burgas kritischer Geist im Widerspruch zu seelischen Vorgängen gestanden, die sich wider Willen ihrer bemächtigt hatten. Sie hatte daraufhin begonnen, sich mehr und mehr jener herben Maske der unnahbaren Intellektuellen zu bedienen, um sich vor zu tiefen Eindrücken zu schützen. Sie wollte sich nicht von Emotionen leiten lassen, hatte sie doch einen harten Lebenskampf hinter sich – in ihrer Kindheit und Jugend gerade nicht von Pappe – na ja – irgendwann wurde sie halt zu einer Art maskulinem Vorzeige-Maskottchen gekürt.

Damon hatte damals im Zwiegespräch mit ihr von Erinnerungen gesprochen, Erinnerungen aus einer anderen, einer vergangenen Zeit, die beide verbinde. Sie erinnerte sich an eine wichtige und keineswegs beiläufig gefallene Bemerkung, eine mehrmals durch Wiederholung vertiefte Aussage, dass er sie in diesem Leben nicht verlassen werde – so wie er damals seinen befreundeten Meister habe verlassen müssen. Sie, die in ihrer herben, unnachgiebigen, asketischen Männlichkeit, fern dem Glücksstreben, jenem Freund wie ein Ebenbild gleiche, lasse er niemals im Stich.

Burga hatte in der Tat von Kindheit und Jugend an Erinnerungen an Träume, in denen sie sich als Mönch erlebte, als Mittelpunkt von Gleichgesinnten umringt, als ein Jemand, der sich zu wichtigen

Aufgaben erkoren fühlte und dabei allein die Sprache der Zielsetzung, der Überzeugung, in keiner Weise aber des Fühlens im Hier und Jetzt sich gestattete.

Die Worte – „Ich musste vor dem Meister flüchten" – hörte sie Damon – eingeschrieben in ihr Gedächtnis – aussprechen; „es waren schon wieder so viele." – „Wie soll ich das verstehen? – erinnerte sie sich an ihre Rückfrage. – „So viele, die aus der Überzeugung von konsequenter und notwendiger Handlungsweise in den Tod geschickt wurden" – hatte Damon damals wie im Traum entgegnet. „Er hätte dieses Schicksal über sich selbst verhängt, wenn er von der Notwendigkeit dieser Handlung überzeugt gewesen wäre" – bemächtigte sich der Wortlaut nach langer Zeit ihrer Gedanken, der ihr erneut Rätsel aufgab.

Die Weiterführung des Gesprächs – Ausdruck einer tiefen Seelenverwandtschaft – zeichnete sich vor ihrem geistigen Auge ab. „Wer war diese Gestalt – der Großinquisitor persönlich?" – hatte sie, beinahe scherzhaft, rückgefragt. Doch Damon hatte betreten geschwiegen. – Dann waren ihr unverständliche Aussagen gefolgt. „Ich weiß nur noch, dass ich mich auf den Weg gemacht habe, um nach einer Frau zu suchen, die ich seit langer, langer Zeit zu kennen glaube" – lauteten seine wie im Trance-Zustand hervorgebrachten Worte.

Daraufhin hatte Burga betreten geschwiegen, in ihrer Seele durchflutet vom Odem des Schweigens.

Ja, sie hatte damals wie jetzt, nachdem etwa zwei Drittel ihrer zu erwartenden Lebenszeit verstrichen waren, gespürt: es steckte eine tiefe Sehnsucht nach einer Existenz in ihr, die ihr in ihrem Hier und Jetzt zu leben nicht gestattet war. Von maskuliner Spiegelung der Weltsicht war ihre Aufgabe, die sie gewählt, von Konsequenz ihre Zielsetzung, herb ihr Los und fern dem Fühlen ihr selbst geschaffenes Image.

Je mehr Damon die alte Faszination in den weit geöffneten Augen der Freundin erblickte, die sich seiner Gegenwart aus ihm unverständlichen Gründen so lange entzogen hatte, desto weniger war es ihm möglich, ihre seelischen Vorgänge zu begreifen. Sie war ihm ein Rätsel.

Der Glockenschlag der nahe gelegenen Kirchturmuhr hatte jenseits der mystischen Verfassheit, die nicht nur das Städtchen ausstrahlte, die realitätsbezogene Aufgabe der Rückführung ins reale Leben und erinnerte Burga an ihren unmittelbar bevorstehenden Termin. Der bestellte Mercedes Sport war fällig – ein Snobismus, den sie sich leistete, um mit Hilfe dessen ihre Unzulänglichkeit zu kaschieren. Sie hatte mit dem Autohaus am heutigen Tag den Termin der Probefahrt und eventuell einiger offen gebliebener Zusatzwünsche vereinbart. Es wurde höchste Zeit, dort aufzutauchen. Kaum sprach sie das Thema bei ihrem alten und letztlich Zeit und Änderung überdauernden Vertrauten an, als sie auch prompt schon mit dem Vorschlag der Begleitung überrascht wurde: er wolle sich nach einem stabilen Zweitwagen, der zur Fahrt über Felder, Land und Wald geeignet sei, umschauen.

Burga ließ sich allzu gern auf diesen Vorschlag ein, nicht nur deshalb, weil ihr teurer Freund im Gegensatz zu ihr eine Menge Ahnung hatte von technischen Finessen wie von all dem, was zusätzlich noch eingebaut werden könne.

Im Autohaus angekommen, fühlte sie sich auch schon ertappt, oder genauer gesagt, peinlich berührt, unerwartet ihren ehemaligen Studenten zu begegnen. Oliver Martens und Richard Drating waren offensichtlich dort mit Jobben beschäftigt. Wohlwollende Helfer, die in dieser großen Firma als Mitarbeiter tätig waren, tauschten erstaunte Blicke bezüglich der offensichtlich gegen ihren eigenen Willen gelösten und in unvorhersehbarer Weise verjüngten Akademikerin an der Seite eines Menschen, dessen Erscheinungsbild Leben und Aktion ausstrahlte und dessen wohl kaum überbietbares Charisma in den Anwesenden kindhafte Züge von Vertrauen und Offenheit zu erwecken imstande war.

Mussten denn ausgerechnet ihre Ex-Studenten sie in einer solchen psychischen Verfassung erblicken! – ermahnte Burga sich in ihrer eigenen Unzulänglichkeit, um der Situation Herr zu werden. Sie verabscheute das 'Dame-Spiel', glich sie doch emotional in diesem Augenblick innerlich einem Kind, einem blutjungen Mädchen, dem Abenteuer seines Lebens entgegenlechzend – und das wurmte sie am meisten. –

Was nützt die jahrelange Verbannung der Gefahr, die Verdrängung par excellence – sagte sie zu sich selbst. – Überhaupt nichts. Verflucht noch mal!

3.

Eine Tagung am Wochenende, zu der Hochschullehrer, Studenten wie Interessenten aus verschiedenen Fachbereichen eingeladen waren, stand bevor. Burga hatte regelmäßig, soweit es ihre Zeit erlaubte, an derartigen, oft vielversprechenden Veranstaltungen teilgenommen und gedachte auch in Zukunft an dieser Gepflogenheit festzuhalten. Ein vorwiegend philosophisch, teilweise auch religionswissenschaftlich orientierter Themenbereich wurde auf dem Programm ersichtlich. Auch die Thematik aktueller Forschungstätigkeit nahm den gebührenden Platz ein. Bewusstseinsforschung – ein interessanter, interdisziplinär ausgerichteter Bereich – Philosophen in Zusammenarbeit mit Neurobiologen setzten sich neue Forschungsziele – erhielt eine zentrale Stellung im Rahmen des Programms. Weltanschauliche Fragen bis hin zur Theismus-Thematik erhielten ihren wissenschaftlichen Stellenwert im Rahmen erkenntnistheoretischer Erwägungen, der Disziplin, die für Denker jeglicher Couleur nach wie vor eine Herausforderung sein dürfte.

Nach offiziell erfolgter Begrüßung der Referenten durch den Tagungsleiter wurde sofort und ohne jede Zeitverzögerung mit dem ersten Vortrag begonnen, wobei die Jüngsten unter den Teilnehmern sich eifrig Notizen – vor allem in Erwartungshaltung auf das darauf folgende Gespräch – zu machen schienen, dem sie wohl schon unruhig entgegenfieberten.

Die Frage, in welcher Weise eine an religiösem Weltbild orientierte Geisteshaltung auf der Basis heutiger Erkenntnisse der Bewusstseinsforschung durch rationale Begründung gestützt werden könne, stand zentral im Raum. Einige sehr jung, fast noch knabenhaft erscheinende Gestalten bekundeten durch unruhige, beinahe schon zu Gezappel ausartende Bewegungen ihr reges Interesse und überboten sich gegenseitig vor Eifer bei der Diskussion.

Es herrsche doch in keiner Weise Eindeutigkeit bei den heutzutage dominierenden Positionen. Ein Anklang an die Stützung auf metaphysische Überlieferungen zeige sich in dem in der Bewusstseinsforschung verwendeten Begriff 'Substanzdualismus', habe er doch seine Wurzeln in der cartesianischen Zwei-Prinzipien-Theorie. Dabei werde von der Möglichkeit ausgegangen, dass es so etwas wie 'Geist', losgelöst von einem materiellen Träger, geben könne. Dies wiederum stehe in deutlichem Gegensatz zu der Grundposition führender amerikanischer Wissenschaftler, die den materiellen Monismus als Basis des Geist- und Weltverständnisses präferierten.

Angetan von dem Hintergrundwissen und der argumentativen Zielgerichtetheit des vom Anschein her gerade mal der Schulbank entschlüpften Knaben, der gerade seinen Diskussionsbeitrag geleistet hatte, meldete sich ein eindeutig älteres 'Semester' zu Wort, eine bei den Studenten sofort als 'Philosophieprofessor oder ähnliches' dechiffrierte Gestalt, die allein schon durch Erscheinungsbild und Charisma die gesamte Zuhörerschaft aufhorchen ließ. – Burga klammerte sich mit aller Macht an die Stuhllehne, um diese unvorhersehbare Überraschung zu verarbeiten. Eines war sicher, war für sie persönlich nicht mehr hinweg zu leugnen: es gab keinen anderen Menschen, der so ihr Denken in Bewegung zu setzen und zugleich – fern jeder Absicht – zu korrumpieren in der Lage war.

Damon Abarrax ergriff das Wort.

„Wir können nicht wissen, ob der genannte Substanzdualismus – eine Konzeption, die, wie unser junger Vorredner gezeigt hat, die Annahme eines metaphysischen Weltbilds – eines Gottesgedankens – auf der Ebene rationaler Begründbarkeit ermöglicht – indem er im Sinne des von Descartes bevorzugten ontologischen Arguments auf einen Gott in der Wirklichkeit und nicht nur im Denken schließt – unserem Zeitgeist gemäß formuliert – auf Geist frei von Trägerschaft. Wir können letztlich nicht begründen, ob eine Position, die an der adaequatio von Sein und Denken festhält, nachkritisch, post-kantisch aufrechterhalten werden kann. Wir können auch nicht mit dem Anspruch von Letztbegründung die Frage klären, ob ein materieller Monismus, der jegliche Transzendenz ausklammert, als Konzeption mit Anspruch auf Wahrheitsfindung verstanden werden kann. Wir können nur sagen, dass beide Positionen zueinander in Widerspruch stehen. Möglicherweise ist selbst das, was wir „auf der Ebene bewussten Erlebens"[3] erleben, „nicht Realität, sondern virtuelle Realität – eine Möglichkeit"[4], die uns einen Tunnelblick eröffnet, aus dem wir nicht entkommen. Wir – als denkende Wesen – verstricken uns notwendig in Antinomien, wenn wir auf der Suche nach Wahrheit sind. Doch das beantwortet nicht die Frage, ob es die Wahrheit, bezogen auf das Ganze, Wahrheit im religiösen Sinne gibt – Wahrheit, die von unsren institutionalisierten Religionen nicht annähernd erfasst werden kann. Für unsre Erlebnisweise jedenfalls gibt es das Mystische. Ich möchte an dieser Stelle mit Wittgenstein sagen, dass man von dem, worüber man nicht reden kann, schweigen soll."

Das Läuten der Tischglocke vollendete Damons Rede und ließ erwartungsvolle Häupter an der Vorstellung des auf sie zukommenden lukullischen Genusses partizipieren. Schweigend begaben sich die von Alter und Geisteshaltung her unterschiedlichen Zeitgenossen zu Tisch, an dem sie – gemessen an den auf Wochenendtagungen üblicherweise servierten Speisen – ein wirkliches Gastmahl erwartete. Der große Speisesaal präsentierte eine sorgsam gedeckte Tafel, Tischreihen, deren Zwischenräume denen, die es eilig hatten, genügend Platz zum Ausweichen ließen. Keiner wollte den Platz am oberen Ende eines Tisches einnehmen, der ihn für die

---

[3] Thomas Metzinger, Der Ego-Tunnel, S. 168
[4] Thomas Metzinger, Der Ego-Tunnel, S. 168

Gäste dort – möglicherweise im Hinblick auf seine Essgewohnheiten – allzu durchschaubar gemacht hätte. Allein der letzte Redner ließ sich mit Freuden an einem solchen Platz nieder.

Zu seiner Rechten hatte bereits der junge Herr Platz genommen, der durch sein Wissen und durch die Fähigkeit, in einem abstrakten Bereich Gedanken auf den Punkt zu bringen, sich ins Gedächtnis mancher Zuhörer eingeschrieben hatte. Damon wollte Näheres über ihn wissen. Er erfuhr im Gespräch, dass dieser junge Max Korn im Alter von dreiundzwanzig Jahren bereits Diplomphysiker und Doktorand war. Sein Spezialgebiet sei die Astrophysik. Sein besonderes Interesse gelte erkenntnistheoretischen Herausforderungen und deren Angrenzung an philosophisch-theologische Grundfragen.

Zwei unermüdliche Diskussionspartner bei Tisch waren in ihrem Element. Allein die schmackhaft zubereitete Kürbissuppe, die bereits auf dem Tisch stand und selbst ihnen inzwischen die Geschmacksknospen verwöhnte, vermochte in kurzen Intervallen den Redefluss zu bändigen. Aktionen dieser Art schienen ansteckend zu sein. In unmittelbarer Nachbarschaft hörte man inzwischen Gesprächsfetzen um die Theodizee-Thematik kreisen. „Diese Welt als die beste aller möglichen Welten zu verstehen" – griff Max die Thematik auf – „das ist für mich nicht nachvollziehbar. Eine solche Auffassung könnte ich höchstens unter der Voraussetzung des Reinkarnationsgedankens konsistent als Bestandteil in einen umfassenderen weltanschaulich geprägten Entwurf integrieren. Leider ist ja – wohl vorwiegend aus kirchenpolitischen

Gründen – im sechsten Jahrhundert per Dekret nicht nur Platons Idee einer Präexistenz der Seele, sondern auch der Reinkarnationsgedanke aus dem Horizont der braven, obrigkeitshörigen Gläubigen verbannt worden." – „Fahren Sie mit Ihren Ausführungen fort!" bat Damon den Jungen. Max, der gerade an einem saftigen Steak zwischen den Zähnen sich zu schaffen machte, schob sich in auffallender Weise die störenden Speisereste zwischen Zahnreihen und Backentaschen. „Eine Theodizee-Konzeption setzt Gerechtigkeit voraus – Gerechtigkeit zwischen den Menschen, Gerechtigkeit im Hinblick auf das Schicksal des Einzelnen, das Los, dem er ausgeliefert ist in seiner Unüberwindbarkeit. Ohne den Reinkarnationsgedanken und einen damit verbundenen Anspruch auf ausgleichende Gerechtigkeit als Voraussetzung der Weiterentwicklung kann ich die Idee des gerechten Handelns nur als Scheinentwurf entlarven. Ich fühle das Unrecht, das harte Los, das in nicht gerechtfertigter Weise guten Menschen zugefügt wird."

Da das Gespräch zu einer Privattagung sich zu verdichten schien, beschlossen beide zunächst den Tagungsgästen in den Hörsaal zu folgen und zu einem späteren Zeitpunkt an einem anderen Ort einen so interessanten Gedankenaustausch fortzusetzen.

Burga scheute Damons Nähe. Sie ging davon aus, dass er sie nicht wahrgenommen habe. Immerhin war sie diejenige, die ihn, ihren besten Freund, vor Jahren verlassen hatte aus Gründen, die weder ihm noch ihr zum damaligen Zeitpunkt und noch nicht einmal heute wirklich bewusst waren. Sie spürte nur, dass sie sich in seiner Gegenwart veränderte und keinen klaren Gedanken mehr fassen konnte.

Als nach der Podiumsdiskussion zwischen den Referenten die Tagung sich ihrem Ende neigte, versuchte Burga unbemerkt nach draußen zu gelangen, wurde jedoch von ihren ehemaligen Studenten begrüßt und in ein etwas längeres Gespräch gezogen. Danach beeilte sie sich, um vor Anbruch der Dunkelheit den richtigen Parkplatz zu finden, da sie bei Aktionen dieser Art – Einparken, Standort merken und finden – nie mit den Gedanken bei der Sache war. In der Tat – sie hatte ihn gesichtet – ihren nagelneuen Sportschlitten. Doch – ihr stockte der Atem. Mit ausgestreckten Armen kam Damon auf sie zu, drückte ihre beiden Hände und sein Bedauern darüber aus, sie im Gefecht des Tagesablaufs übersehen zu haben. Er lud sie ein und bat sie, möglichst bald als Gast bei ihm zu Hause die traditionelle Pflege der Gesprächskultur für einen kleinen Kreis wieder aufleben zu lassen. Das Haus sei still geworden, Swen im selben Beruf wie Mama eingespannt, Lea ebenfalls, beide als Anwälte in ihren Kanzleien mit Fällen beschäftigt, die für sie jedes Mal eine neue Herausforderung darstellten. – Burga nahm die Einladung mit Freuden an; sie war jetzt terminlich, verglichen mit der Zeit ihrer beruflichen Verplanung, beinahe ungebunden. Nach kurzem Austausch von Erinnerungen verabschiedeten sich beide vom wieder gewonnenen Einblick in alte Zeiten, die nie wirklich Vergangenheit geworden waren.

Burga schwebte auf ihrer Heimfahrt wie auf Wolken. Sie war auf der Suche nach einem akustischen Highlight, das ihr während der Fahrt die Vorfreude auf Bevorstehendes nicht nur ins Bewusstsein rufen solle. Sie durchwühlte ihre CD-Sammlung, angespornt von der Suche nach dem, was Herz und Gemüt ergreift. Ja, sie wurde fündig. Schon schwelgte sie im Freudentaumel des Schlusschors von Beethovens neunter Symphonie, der tongewordenen Dichtung von Schillers Ode an die Freude:

'Freude, schöner Götterfunken, Tochter aus Elysium…'

4.

Stämmige Eichen und hochgewachsene Nadelbäume umringten das stattliche, in elfenbeinfarbenem Putz erstrahlende Haus des Freundes. Ein großflächig angelegtes, in Richtung Freitreppe hin verlaufendes Rosenbeet entfaltete seine sommerliche Pracht. Ein Junge und ein Mädchen, vermutlich die Nachbarkinder der Mieter seines Hauses nebenan, plantschten im Schwimmbecken neben Sonnenschirm und Liegestuhl fröhlich vor sich hin. Das ansehnliche Grundstück war durch Gartenmöbel, Sitzgruppen und quirlige Springbrunnen im Renaissancestil bereichert worden. Vivaldi tönte aus den Boxen und – wer war das? – offensichtlich Waldi aus Nachbars Garten – ein etwas zu gut genährter kleiner Kläffer versuchte die letzte Wurst dem Grill zu entreißen – nicht ohne Erfolg! Martina hatte wohl für einige Mußestunden der Kanzlei den Rücken gekehrt und sonnte sich, ihre Trompete gleich einem kostbaren Schatz nicht aus dem Auge verlierend, in der Nähe des Pools. Sie winkte Burga mit freundlicher, wenn auch etwas verhaltener Miene zu. Auch ihr war noch heute der nun lange zurückliegende Aufbruch der Freundin des Hauses ein Buch mit sieben Siegeln.

Burga und Damon sonnten sich in einem für beide ungewöhnlichen Small Talk über Veränderungen, die Ballade ihres Lebens betreffend. Der Grill wurde an einen höher gelegenen Ort verfrachtet, vor dem gefräßigen Zugriff des Dackels gesichert und mit frischen Würstchen bestückt. Burga wurde nach altem Brauch ein Glas Darjeeling überreicht; den Kandiszucker lehnte sie ab zugunsten von Süßstoff frei von Glutamat. Damon schmunzelte. Diese Art von Askese schien ihm bei dem Fliegengewicht, auf dem seine Blicke ruhten, für völlig unangebracht. Burga war eine Wasserratte und bekam Lust an dem warmen Sommertag es den Kleinen gleichzutun. Leider hatte sie in ihrem Wagen nur einen zwanzig Jahre alten Bikini gelagert, der ihr aber nicht schlecht stand und ihre Figur noch schlanker erscheinen ließ. Die Kinder begannen die knabenhafte Gestalt zum Wasserballturnier aufzufordern. Sie nahm die Herausforderung mit Vergnügen an. Nachdem die CD ihre letzte Information zum glorreichen Durdreiklang transformiert hatte, griff Martina zur Trompete und begleitete das muntere Treiben im Schwimmbecken mit einer fetzigen Jazz-Improvisation über 'The house of the rising sun'. Damon ließ es sich nicht nehmen, die im Wintergarten gestapelten Perkussionsinstrumente an die Luft zu befördern und mit einigen durch Synkopen beschwingten rhythmischen Wendungen der Aufführung den letzten Schliff zu verleihen.

Burga dachte an die Zeit zurück, in der ihr im Rahmen der Sommerfeste in diesem Haus die Ehre und das Vergnügen zuteil geworden waren, als Cellistin aufzutreten. Inzwischen bezogen sich Aktionen dieser Art lediglich auf die freie Mitarbeit im Kirchenorchester der kleinstädtischen Gemeinde. Sie schätzte die Orchestermitglieder, während sie der Konfrontation mit einigen mittelalterlich konservativen Gemeindemitgliedern lieber auswich. Hätte sie nicht im Rahmen ihres Studiums einen Einblick in theologischphilosophische Hintergründe des christlichen Weltbilds gewonnen, das zum festen Gefüge ihrer Weltanschauung geworden war und dem sie zugleich ihre spirituelle Prägung, insbesondere die Verinnerlichung einer jesuanisch orientierten Grundlage der Ethik verdankte, so hätte sie sich möglicherweise gänzlich von kirchlichen Gemeinden, deren zum Teil dubiosem Umgang mit Finanzen und teilweise merkwürdigen Eigenheiten, die einem Weltbürger absonderlich erscheinen müssen, distanziert und vielleicht auch den letzten Schritt getan: ihren Kirchenbeitrag Menschen zukommen lassen, von denen sie wusste, dass diese wirklich in Not waren und finanzielle Zuwendung brauchten.

Burga wurde jäh aus ihrer Versenkung gerissen, als ihr alter und neuer, wieder gewonnener Freund mit einem überraschenden Vorschlag auf sie zukam: er lud sie zu einem Treffen auf seinem vor Jahren erworbenen Stück Land ein – einem recht umfangreichen Waldstück mit vielerlei Möglichkeiten sich zu verlaufen und zu verirren, falls man sich nicht auskannte – so hatte Burga jenes Fleckchen Erde in Erinnerung. Sie hatte früher dort gemeinsam mit der Familie Silvester gefeiert, den zauberhaften Ausblick auf die umliegenden Dörfer und die aus weiter Ferne grüßenden Bergsilhouetten genossen. Sie erinnerte sich an eine Grillstätte, an eine alte Schaukel, an kalte Winternächte am wohligen Feuer unter bestirntem Nachthimmel, an Abendglocken der Dorfkirchen, die das neue Jahr einläuteten, an den Klang der gefüllten Gläser.

Der Tag hatte seinen krönenden Abschluss gefunden im Haus, in dem sie so gerne verweilt hatte und das ihr vor Jahren zur zweiten Heimat geworden war. Ihr schien der Zeitraum zwischen dem Heute und dem Tag, an dem sie es zum letzten Mal betreten hatte, plötzlich wie aus der Erinnerung ihrer Vorstellungswelt gelöscht – aus allem herausgenommen, was der Existenz wirkliche Bedeutung verleiht. Als eine auch mit Bereichen der Hirnforschung beschäftigte Neurobiologin wusste sie wohl: die Amygdala vergisst nie – was sich aber offensichtlich nur auf die wesentlichen Ereignisse im Leben zu beziehen schien – auf das gelebte Leben.

Als der ersehnte Tag der Verabredung zum Besuch des ihr durchaus nicht in jedem Detail bekannten Fleckchens Erde, jenes nahe gelegenen Waldstücks, herangekommen war, packte sie alte, aber dennoch fesch anmutende Klamotten zusammen, die der Ausrüstung für eine Schnitzeljagd entsprachen. Beim Haus des Freundes angekommen, begaben sich beide nach kurzer, aber herzlicher Begrüßung auf die Fahrt und kutschierten in einem neuen, in seiner geballten Massivität ins Auge fallenden Landrover einer bewaldeten Anhöhe entgegen, die aus verdichteten Gesteinsbrocken emporzuwachsen schien. Eine steile Auffahrt war noch zu meistern; dann parkten sie zwischen Busch und Geröll das Gefährt.

Dichter Laubwald, durchsetzt von einigen Nadelbäumen und gekrönt von uralten Gipfeljägern, deren Wipfel gen Sonne ragten, begrüßte einladend Wanderer zwischen zwei Welten. Ein Bach durchrieselte die Landschaft. Verschlungene Pfade taten sich auf und lockten zum Abenteuer ins Unbekannte.

Auf einem etwas breiter angelegten Weg strebten die beiden Wanderer zunächst aufstiegsorientiert der bekannten Grillstelle entgegen, neben der man sich auf einer Sitzgruppe, keineswegs unbequem trotz des alten Gartenmöbels, dem sie wohl entstammte, platzieren konnte. Burga doch ging zunächst auf die alte, grün gestrichene, der Landschaft angepasste Schaukel zu, als wollte sie den Weg in ihre Kindertage erneut beschreiten. Der Picknickkorb lockte mit lecker zubereiteten Schnittchen und dem Inhalt hochverschlossener Thermoskannen, wahrscheinlich mit grünem oder schwarzem Tee gefüllt. Aus dem Anblick wuchs in der freien Natur unwiderstehliche Verlockung, selbst wenn man wohlgenährt dem Frühstückstisch gerade entsprungen war. Die kleine Lichtung war von dicht aneinandergrenzenden Buchen umringt, durch die Ausbreitung ihres Astwerks fast schon an die einer Symbiose ähnlichen Strukturen erinnernd, so dass lediglich der Weg, auf dem man aufgestiegen war, eine begehbare Spur aus dem Wald heraus nahezulegen schien.

Damon fasste Burga bei der Hand und strebte mit ihr in Richtung eines durch Buschwerk überwucherten Zugangs zu einem schmalen Waldweg hin. Schließlich hob er sie über flache und bodennahe Sträucher und ließ auf dem Weg ihre Hand nicht los. Dem beinahe noch gemütlich zu nennenden Spaziergang wurde ein jähes Ende gesetzt. Nichts führte an einem steilen Aufstieg vorbei, der nur durch Klettern gemeistert werden konnte. Zum Glück hatte Burga mal brauchbares Schuhwerk an den Füßen. Nach dem Einsatz einiger quasi zur Mutprobe anfeuernden Überwindungsstrategien, um irgendwelcher Relikte archaischer Kindheitsängste Herr zu werden, schien ihr das Umfeld, die Welt, die sie erblickte, verändert. Nachdem sie die Höhe erreicht hatte, stand sie zum ersten Mal auf dem Plateau des Felsgesteins, das sie in seiner Formation immer schon an die Fränkische Schweiz erinnert hatte. Der Abgrund gähnte zu Füßen. Der Fels war stellenweise glatt geschliffen, mit marmorähnlicher Musterung versehen und zeigte Ähnlichkeit mit einem Altar ehemaliger Kultstätten auf. Ob man wollte oder nicht – irgendwie holte einem die Vergangenheit ein – die Erlebnisweise war plötzlich eine andere: man fühlte sich aus seinem Hier und Heute völlig herausgehoben. Ein schmales, gerade schon als Bach zu bezeichnendes Rinnsal, das lustig einige Meter von dem Felsen entfernt vor sich hin plätscherte, lud zu kurzer Erfrischung ein – natürlich frei von Schuhwerk. Nach erfolgreicher Durchführung dieser wohltuenden Mini-Kneippkur platzierten sich beide auf einem Felsvorsprung an der Seite des Plateaus und ließen die Landschaft auf sich wirken.

Irgendetwas versetzte beide in einen Zustand von Schläfrigkeit, der – einer Trance ähnelnd – von ihnen Besitz ergriff. Burga fühlte Damons Arm auf ihrer Schulter ruhen; es ging eine Wirkung von dieser Geste aus, die dem Augenblick Ewigkeit verlieh: so als wolle er ihre schmale Gestalt – eingebettet ins Jenseits der Zeit – niemals mehr aus diesem beschützenden Umfangen-Sein freigeben. Burga fühlte sich in einem Schwebezustand jenseits der Schwerkraft.

Fern dem Beta-Zustand ihres normalen Tagesbewusstseins war sie ohne ihr Zutun, ohne irgendeine zielorientierte Absicht in eine tiefer liegende Ebene des Alpha-Zustands psychischer Operationen hinabgetaucht, tiefer als sie es auf der Basis ihrer Studien im Zustand bewusster Klarheit für wahrscheinlich gehalten hätte. – So war es ihr möglich an jenem Filmablauf, der sich vor ihrem inneren Auge vollzog, teilzuhaben – war sie doch selbst zugleich auch Teilnehmer des Geschehens. Bald schon glitt sie auf die Stufe völliger Identifikation mit dem Handlungsträger,[5] mit seinen Handlungen und Gefühlsreaktionen. Sie konnte sich von der Erlebniswelt dieser Traumgestalt oder auch Figur einer Vision kaum noch trennen und die dadurch vermittelten Eindrücke gerade noch von ihrer eigenen, eigentlich davon zu unterscheidenden Weise, die Welt zu verstehen, abkoppeln. Sie erfuhr sich als weibliches junges Wesen jenseits ihres realen Hier und Heute in einer Welt, die ihr, je mehr sie in diese Erlebnisweise hineingesogen wurde, wirklicher und bedeutender für ihre Grundbefindlichkeit schien als alles in ihrem jetzigen Leben Gemeisterte.

Sie erlebte ihre Existenz als junges Mädchen in der Umarmung eines Mannes, für den sie bereit gewesen wäre, ihr Leben zu geben. Er war – ja, er war ein Krieger. – Er war der Feind!? – Nein, er war ihr Freund, ihr Geliebter, der Mann, der sein Leben mit ihr teilen wollte. Ja, jetzt wusste sie es; sie war von zu Hause geflohen, um bei ihm sein zu können. Sie war Christin, die Tochter einer Königsfamilie aus Armenien. Doch ihr Vater war kein König mehr –

---

[5] 5 Vgl. Trutz Hardo, Das große Handbuch der Reinkarnation, S. 123

durch ihre Schuld. Sie war zum Verräter geworden. Aber sie konnte nicht anders. Sie liebte ihn – den Fremden, den Krieger, den Heerführer. Er sollte die zoroastrische Staatsreligion in ihre Heimat bringen. Er war der mutigste Mensch, der ihr je begegnet war. Er war ein guter Mensch; er war gut zu ihr. Sie konnte sich ein Leben ohne ihn nicht mehr vorstellen. Sie lag in seinen Armen; sie war glücklich. Die Menschen hofften auf ihn; sie vertrauten ihm so, wie sie ihm vertraute.

Ein jäher Donnerschlag riss sie aus ihren Visionen. Sie erwachte, aber ihr Gemüt lebte aus den Eindrücken der ungeheuren Erfahrung. Trotz prasselndem Niederschlag, der ihre Kleider bereits durchtränkt hatte, schwebte sie auf Wolken, geborgen in den Armen des geliebten Menschen.

Wo bist du? – Ich fühle, du bist hier – Damon! Sie spürte seine Umarmung. – Kein prasselnder Regen, kein ohrenbetäubender Donnerschlag, keine zuckenden Blitze konnten sie erschüttern – die Zeit stand still. –

Sie spürte die Bewegung seines Atems. War er wach? Nein, nicht richtig. – Dennoch: sie vernahm seine Stimme. Er sprach leise, aber deutlich und mit großer Klarheit.

„Du bist es, Armenia. Endlich! Meine Gebete wurden erhört. Du warst – Jahrhunderte, nachdem wir getrennt worden waren, in einem fremden Körper gefangen – unter Menschen, nein – unter Mönchen, die dich lehrten, was du zu tun hast, um ein guter

Mensch zu sein. Du glaubtest ihnen und sie kürten dich zu ihrem Vorbild, statteten dich aus mit Macht über Leben und Tod. Deine unglückliche Seele war tot – so blieb dir nur noch die Orientierung an der Fremdbestimmung. – Deine Seele sehnte sich nach dem Glück, das uns beschieden war, als wir uns vor langer, langer Zeit als Mann und Frau begegnet waren – nach dem Glück, das uns in den Wirrungen der Zeit entrissen worden war. Du bist es – Armenia – mein Hoffen wurde belohnt."

Burga verharrte in Schweigen. Ihre Seele wusste, was geschehen war. Sie waren beide zurückgekehrt – zurück in ihre alte Existenz. – Sie hatten dereinst tiefes Glück erfahren – das Glück, das die Welt in Atem hält, die lauterste und reinste Offenbarung, die der Mensch in seinem Lauf durch die Geschichte erfahren kann. Doch die Rache der Verstrickung in das Weltgeschehen, das Gift, das man dem Eros eingeflößt hatte,[6] um ihn – wenn man schon nicht seinen Tod herbeiführen kann – von Grund auf seiner Entartung entgegenzutreiben, führte Menschen in die Einsamkeit jahrhundertelanger Entfremdung.

---

[6] Vgl. Friedrich Nietzsche, Sämtliche Werke, Bd. 6, Jenseits von Gut und Böse, S. 39, Sprüche und Zwischenspiele Nr. 77: „Das Christentum gab dem Eros Gift zu trinken: - er starb zwar nicht daran, aber er entartete – zum Laster."

5.

Burga hatte von Damon einige Erklärungen erhalten. Die alte Kultstätte auf seinem Waldstück, das ihm zum Heimatgrund geworden war, ermöglichte es – aus welchen Gründen, blieb ungeklärt – Menschen in ihre tieferen Seelenschichten zurückzuführen und Prozesse freizusetzen, die dem schmalen Tunnel des realen Wirklichkeitserlebens offensichtlich nicht zugänglich waren. Er selbst habe sich dort immer wieder als persischer Krieger gesehen, dem die große Liebe und das Glück, das er an der Seite einer jungen Frau aus dem damals schon christianisierten Armenien erfahren durfte, durch die Irrungen der Zeit zum Verhängnis geworden sei. Die unter seinesgleichen zwar nicht anerkannte, aber doch bei ihm als dem Befehlshaber tolerierte und nach zoroastrischem Brauch ritualisierte Bindung sei dann zum Problem geworden, wenn seine Aufgabe ihn von seiner kleinen Familie getrennt habe. Eines Tages nach seiner Rückkehr aus einer Schlacht, in der viele Verletzte auf der Strecke geblieben seien und möglicherweise auch er schon für tot erklärt worden sei, habe er sie nicht mehr gefunden – seine Familie. Man habe ihm die Antwort auf Rückfragen verweigert oder sei ihm aus dem Weg gegangen. Mit einem kleinen Rest ihm verbliebener treuer Untertanen und tapferer Männer habe er sich in Richtung des Schlosses aufgemacht, um nach Armenia zu suchen. Dort angekommen, sei er bereits von bewaffneten Verteidigern einer Siegertruppe empfangen worden, mit großem Abstand in der Überzahl. So sei jede Möglichkeit zu erfahren, was mit ihr geschehen sei, von vorn herein vereitelt worden. Er sei zum tief unglücklichen Menschen ohne Lebenssinn geworden und als Krieger zum Berserker entartet. – Burga wurde bei letzter Aussage seiner Schilderung von einem tiefen Gefühl der Unzulänglichkeit, einer Schuld ergriffen, dem sie gegenüber sich ohnmächtig fühlte. – Ins Erleben dieses gesamten Hintergrunds hineinversetzt, so fuhr er mit seinen Ausführungen fort, schienen ihm bis heute zurückgebliebene Eigenschaften seines Wesens erklärbar zu sein.

Einen Einblick in Wesensmerkmale dieser Art hatte Burga vor Jahren erhalten – sie dachte an die Zeit zurück, in der ihr klar wurde: mit ihm als Freund ist Frau sicher. Den Angriff von Seiten einer kriminellen Jugendbande, die sich damals an Damons Auto zu schaffen gemacht hatte, konnte sie wohl kaum aus ihrem Gedächtnis streichen. Eines ging deutlich aus dieser Aktion hervor: die versuchen es nie wieder!

Burga musste sich an ein Leben als pensionierte Beamtin und emeritierte Akademikerin erst gewöhnen. Im Augenblick versuchte sie ihre Erlebnisse privater und persönlicher Couleur zunächst einmal auf die Reihe zu bringen, deren rationale Verarbeitung jedoch noch nicht einmal einem Großhirnrinden-Potential auf Kollektivebene zumutbar gewesen wäre – mit andern Worten: jenseits des Erreichbaren stand.

Es wurde Abend, wurde Nacht – und wieder stand ein hoffnungsvoller Tag bevor. Sie versuchte vor dem geplanten Start zu einer Neu-Ausgabe einem ihrer letzten Bücher den letzten Schliff zu geben, war aber in ihrer Konzentration etwas behindert.

Sie machte sich auf den Weg. Der sommerliche Abend schritt bereits der Dämmerung entgegen. Sie war eingeladen bei Damon zu einem – wie sie bereits ahnte – opulenten Mahl. Sie saß in banger Erwartung stumm am Steuer ihres schicken Straßenkreuzers und fühlte sich wie ein Kind, das seinem ersten Date entgegenfiebert. In gemächlichem Tempo fuhr sie dem Haus des Freundes entgegen. Ihr Blick, ihr Verhalten, ihre Gebärden schienen verändert – das spürte sie; doch sie hatte keinen Einfluss darauf. Die Begegnung mit der Vergangenheit – ob Phantasie oder erlebte Wirklichkeit sei dahingestellt – der Tauchgang in die Tiefe an der Seite des geliebten Menschen veränderte ihr Wesen, ihre Welt. Sie war zwar kritisch jenen Erlebnisinhalten gegenüber – besonders in ihrer zur zweiten Haut gewordenen Tätigkeit als Neurobiologin. Aber aus den Krypten aufgewühlter Seelenschichten drang eine andere Sprache an die Oberfläche. Selbst ein noch so in der Separation emotionaler Inhalte geübter Intellekt, der jenseits jener dem Frontalkortex gemäßen Klügeleien nichts an sich heranließ, konnte diesem Pochen an die Pforten des Bewusstseins widerstehen, konnte nicht anders als ihm Einlass gewähren. Schon war sie am alten Tor zum Haus des Freundes, am Tor, das sich so verändert hatte, angelangt. Sie schien eine neue Welt zu betreten und bangte dem ersten Schritt in der Angst beseligender Erwartung entgegen.

Damon kam jenseits seiner sonstigen Gewohnheiten ans Tor, um sie zu begrüßen, schlenderte mit ihr salopp die Gartenanlage entlang und führte sie schließlich über die gewundene Steintreppe zum Eingang des Hauses. Sie plauderten über scheinbare Belanglosigkeiten wie zum Beispiel über emotionale Vorlieben – ein Thema, das früher zwischen ihnen so gut wie nie zur Debatte gestanden hatte. Burga, die, wenn sie schon mal am Gesellschaftsleben teilnahm, nicht als Greenhorn erscheinen wollte und manchmal mehr künstlich als gekonnt die weltgewandte Dame anklingen ließ, wusste, dass nun der Augenblick gekommen war, mehr von sich preiszugeben, als sie sich vorher selbst einzugestehen bereit war. Um allzu sehr an ihrer Person orientierte Elemente bei ihrer Rede zu vermeiden, sprach sie von epigenetischen Phänomenen, die laut neuerer Forschung bei der Vererbung sich in genetischem Material manifestieren könnten, wobei beispielsweise ein schweres Ahnentrauma Verheerendes im Leben der Nachfahren anrichten könne. Sie wollte nicht unbedingt bezüglich ihrer am eigenen Leib erfahrenen emotionalen Störungen mit der Sprache herausrücken, deutete aber an, dass sie einerseits von Ängsten und Panikattacken und andrerseits von massiven Schuldgefühlen gequält werde. Damon schlug ihr vor, sie bezüglich dieser Thematik mit einem Audio, das Forschungen neusten Datums enthalte, zu überraschen und durchschritt auch schon, ihre Hand ergreifend, die schmalen Stufen hinab zum Kellergewölbe.

Sie betraten einen Raum, den sie noch nicht kannte – geheimnisvoll, schon beinahe mystisch – und dennoch anheimelnd. An der Decke eingravierte Runen, Symbole und Chiffren, eigentümliche, vielfarbig schillernde Steine und in verschiedenen Blauschattierungen erstrahlende Lichtquellen luden aufs angenehmste zum Verweilen ein. Die plötzliche Berührung seines Armes spürend und der Offenbarung an der Kultstätte gedenkend, umarmte sie ihn mit der anhänglichen Gebärde eines Kindes und mit tiefer Innigkeit – aber gänzlich fern der gezielten Versuchung – stand sie doch selbst lebenslang im Jenseits solchen Verlangens. – „Mein tiefster Wunsch wäre, das innere Kind in mir zu offenbaren" – hörte sie sich sagen. „Ich möchte das innere Kind kennenlernen" – antwortete er. Sie vernahm seine Stimme, lehnte sich an seine Schulter und fühlte sich beschützt wie von einem liebevollen Vater. Die weitere Gestaltung des Abends beschlossen sie anstelle mit Audios, die mentale Konzentration dem Hörer abverlangt hätten, nun lieber im Hochgefühl von Gustav Mahlers ‘Symphonie der Tausend‘ fortzusetzen und reichten sich die Hände.

Burga wurde nach langjähriger Abstinenz zum gern gesehenen Dauergast im Hause Abarrax – jetzt in ihrer gewandelten Form, die ein empfindsames Gemüt unter einer ehemals herben und bitteren Schale erspüren ließ. Sie hatte sich niemals zuvor, nie in ihrem Leben so froh, so frei, so ungezwungen gefühlt. Martina und auch die Freunde des Hauses, die der distanzierten Gestalt früher immer mit Abstand und Vorsicht begegnet waren, standen verblüfft wie vor einem Rätsel.

Ein weiterer Tag der Vorfreude ging seiner Neige entgegen. Burga war an diesem Abend mit Martina, die sich von ihrer

Verklammerung mit der Kanzlei mal zu lösen bereit erklärt hatte, zum gemeinsamen Musizieren verabredet. Martinas übersorgsames Wachen über dem Schicksal anderer Menschen, vorwiegend derer, die sich ihr anvertraut hatten, bewog sie als Juristin zu einem Berufsethos, das seinesgleichen sucht. Sie wäre nicht nur bereit, ihren letzten Mantel zu teilen, sondern auch einen Teil ihrer kostbaren Lebenszeit denen zu schenken, die ihre Hilfe brauchten.

Martina hatte gemeinsam mit Burga den Klang der Zusammenstellung von Trompete und Cello erneut entdeckt und den ältesten Nachbarsohn mit eingeladen, der sie auf dem Cembalo begleitete. Mit der Do-it-yourself-Methode, was hier so viel bedeutet wie 'frei von DC-Player und technischen Finessen' gestalteten sie die Klänge des Barock mit Hilfe ihrer Instrumente. Bearbeitungen alter Meister, speziell für die Instrumente, die man zur Verfügung hatte, lagen zugrunde. Mit dem Herrn des Hauses als Kritiker an ihrer Seite und – nicht zu vergessen – mit häufigem visuellem Zugriff beim Spielen auf Leckereien, die zum Greifen nah ihnen entgegenschmachteten, als wollten sie sich nimmermehr sofortigem Zugriff entziehen, wurde ihnen gemeinsam ein synästhetischer Genuss aus farbigem Klangerlebnis und Gaumenfreuden beschert.

Burga hatte vorsichtshalber ihren fahrbaren Untersatz zu Hause unterm Car Board stehen gelassen. Sie hatte es befürchtet, mit Spätburgunder konfrontiert zu werden. Da in der Tat die Versuchung, etwas daran zu nippen, im Laufe des Abends unwiderstehlich geworden war, wurde nun ihr Nach-Hause-Weg zu einer etwas beschwingt-fröhlichen Angelegenheit. Es fiel ihr in diesem Zustand nicht schwer, gewisse zotige Bemerkungen von Seiten einer Nachbarstochter aus katholischem Haus zu überhören. Sie wunderte sich aber über ein solches für das Mädchen sonst unübliches Verhalten. Die Eltern gehörten zu den sonntäglich eifrigen Kirchgängern und lauschten gern den ausschmückenden Beiträgen und Veranstaltungen des kleinen Orchesters.

In dieser Nacht wurde sie durch einen eigenartigen Traum in den Bann gezogen. Sie sah sich als Mönch, ummantelt von einer Mönchskutte, umringt von einer Schar weiterer Mönche, denen sie offensichtlich Befehle zu erteilen hatte. Sie fühlte dabei eine Strenge und Unnachgiebigkeit von ihrem Wesen ausgehen, ja sogar Unbarmherzigkeit, die von ihr Besitz ergriffen hatte. Sie war von etwas besessen, war gefordert, Aktionen in Gang zu setzen um eines höheren Zieles willen, hineingestellt in eine Aufgabe, die alles andere, auch jeden Anschein von Menschlichkeit zum Verstummen brachte.

Ein Schleier zog sich über dem Traumbild zusammen, ein Dunstkreis vernebelte die Gestalt in ihr, die sich als Herr über das Leben aufgespielt hatte, ließ den erlebten Eindruck zwar als Spur im Gedächtnis zurück, jedoch als nicht nachvollziehbar für ein gerade sich neu in ihr konstituierendes Empfindungsvermögen. – Sie fühlte sich verändert, bewegt, beschleunigt, raste durch die Zeit. Dann stand sie da in einem feinstofflichen Gewand – sie war – ein junges Mädchen? – Sie war Armenia. Sie fühlte den Schmerz um den Verlust des geliebten Mannes. Sie wusste, dass es niemals mehr möglich sein könnte, ihn wiederzusehen. Was würde aus ihm werden? Er konnte so wenig ohne sie leben wie sie ohne ihn. Beider Leben waren untrennbar ineinander verwurzelt. Kein Sturm der Zeit könnte dieses Wurzelwerk ausreißen. Und doch: der Neid, der Hass, die Intrigen sich befeindender Mächte und die systematisch instand gesetzte Vergiftung des Eros – eine Groteske, als deren Zeuge sie mitten im Geschehen stand – vermochten einiges, um die Seele nicht unbeschadet aus den Fesseln ihrer Fänge zu entlassen.

War das ihr Leben? – War sie die Frau an der Seite des tapferen Kriegers? – Oder verbarg sich in ihr der gehässige Mönch ihrer Traumvision, ins Machwerk klerikaler Verfehlungen eingespannt – ein Übeltäter der Menschheit? – Beides? – Nein! Das ist absurd – so kreisten ihre Gedanken zwischen Schlaf und Wachen.

6.

Burga fuhr am heraufdämmernden Morgen schon bald nach erreichtem Wachzustand in jenen Kleidern, die sie am schnellsten greifen konnte, in gemächlichem Tempo – mit der einen Hand permanent am CD-Player beschäftigt – zur Universität. Sie freute sich auf das Zusammentreffen mit einem ehemaligen Kommilitonen, mit dem sie sich kurzfristig verabredet hatte. Prof. Patrik Petersen war inzwischen auf dem Lehrstuhl für pädagogische Psychologie gelandet und erfreute sich eines großen Zulaufs von interessierten Hörern. Nebenher arbeitete er noch als Psychotherapeut und wurde manchmal durch ironische Bemerkungen von seinen Kollegen provoziert, die erfahren hatten, dass er mit regem Interesse auch der Beschäftigung mit Grenzgebieten wie dem Einrichten von Rückführungstherapie-Seminaren – natürlich jenseits des universitären Bereichs – nachging.

Burga war wider Erwarten zu früh angekommen, ließ sich noch mal kurz in der Teestube ihres Stammcafés blicken und besetzte dort ihren alten Platz. Vom Nachbartisch erhaschte sie etwas von den Gesprächsfetzen aus einer etwas heftigen Debatte, wie es schien. Mona, die Schwester des Kommilitonen Weißenfeld, wie man vernahm, habe wieder Ärger mit irgendwelchen in einer Kleingruppe berüchtigten 'Dorfkatholen', die man inzwischen auch 'Die Bande' nenne, da sie pausenlos Mitgliedern ihrer kirchlichen Vereine hinterher spionierten und es besonders auf Frauen abgesehen hätten, die über den durchschnittlichen Stand von beruflichem Erfolg hinausgewachsen seien. Sie hätten Mona durch an Terror grenzende Anrufe und widerliche Anspielungen verunsichert, so dass inzwischen die nicht für alle zur Verfügung stehende geheime Festnetz-Nummer bereits Thema sei. Kurioserweise – oder vielleicht auch verständlicherweise, wenn man den Umstand bedenke, unter denen manche dieser sogenannten 'Bandenmitglieder' wohl aufgewachsen sein könnten, reagierten sie nicht bei schweren Verfehlungen, die einen merkantilen Hintergrund erahnen ließen, sondern nur auf vermeintliches Fehlverhalten im privaten Bereich, der sie ja eigentlich gar nichts angehe. Anscheinend hätten sie eigene private Regeln von mittelalterlicher Antiquiertheit ausgeklügelt.

Burga konnte nicht länger den sozialpsychologisch recht interessanten Gesprächen der Studenten, die über den Dorfklatsch informierten und dabei zugleich auf die alte 'Sündenbock-Psychologie' als Wurzel desselben verwiesen, beiwohnen. Sie wollte zu ihrer Verabredung mit Patrik Petersen auf jeden Fall pünktlich eintreffen.

So begegneten sich zwei ehemalige Kommilitonen wieder, die sich aus dem Auge verloren hatten, obwohl sie zu Mitarbeitern im selben akademischen Großbetrieb geworden waren. Patrik Petersen wusste um die Probleme seiner geschätzten Kollegin, die im benachbarten Fachbereich tätig war. Die Tendenz zu Asperger bzw. High-Functional-Autismus hatte er vor Jahren bei ihr diagnostiziert. Der Gegensatz zwischen einer Ausstattung mit auffallenden Begabungen auf mentaler Ebene einerseits und dem schüchternen Rückzug im Sozialen, verknüpft mit emotionalen Ängsten andrerseits, schien konstituierendes Prinzip ihres Wesens zu sein. Burga brachte ihr Anliegen vor und schilderte in allen Details die erlebte Vision und die Träume ihrer auseinanderklaffenden Ego-Identifizierung. „Wie ist das erklärbar? – Manchmal habe ich das Gefühl, es zerreißt mich" – fügte sie ihren Ausführungen hinzu.

„Die Frage, ob das Ganze einen realen Hintergrund haben kann, wage ich bei dir als Wissenschaftler gar nicht zu thematisieren." – Er räusperte sich. „Falls du auf das Phänomen von Reinkarnationserlebnissen anspielst, kann ich dir gerne entgegenkommen, da ich mich seit Jahren mit diesem Forschungsgebiet – zur Belustigung meiner Fachkollegen – ernsthaft beschäftige. Wenn du möchtest, könnte ich eine therapeutische Rückführung in meiner Praxis mit dir versuchen." Burga war mit dem Vorschlag einverstanden. Sie vereinbarten einen Termin.

Burga fuhr – diesmal in erhöhtem Tempo – zu Damon, um ihm von den Ergebnissen der Unterredung mit Professor Petersen zu berichten. Er konnte ihre Neugier nachvollziehen, wenn er auch für sich selbst eine rationale Beschäftigung mit den Erlebnissen, die ihrer Vision zugrunde lagen, ablehnte. Er führte etwas ganz anderes im Schilde. Ihm war aufgefallen, dass es eine deutlich sich zeigende Kompatibilität dessen gab, was sich erlebnismäßig in ihnen vollzogen hatte. Nach kurzer Vorüberlegung begannen sie zunächst ansatzweise sich im Erschließen des Aktivierungsprozesses bestimmter Areale zu üben, von der Frage geleitet, ob im Hypothalamus lokalisierte Angst- oder Belohnungszentren Ursache aktuell auftretender Emotionen sein könnten. Sie entwickelten beide ein differenziertes Trainingsprogramm.

Burga fuhr nach Hause, guter Dinge auf Grund des interessanten Tagesgeschehens, vor allem der Aktionen am Nachmittag. Sie machte noch einen kleinen Spaziergang durch die verwinkelten Gassen. Ihr auf etwas umfangreicherem Grundstück erstandenes Landhaus war noch immer eine Augenweide: am Wiesengrund mit Ausblick auf die hohen Tannen des angrenzenden Waldes.

Zwei vorbeitorkelnde Gestalten kamen ihr entgegen, grölten und belästigten sie. Einige vorbeischlendernde Fußgänger, die sie kannte, machten keineswegs den Versuch, den kuriosen Typen Einhalt zu gebieten, sondern begannen Grimassen zu schneiden – was ihr zumindest merkwürdig, wenn nicht gar unverschämt vorkam. Sie nahm Reißaus und beschleunigte ihren Schritt in Richtung ihres nahe gelegenen Domizils. Sie blickte auf die Uhr; sie erinnerte sich gerade noch rechtzeitig, dass die Probe des kleinen Kirchenorchesters auf den heutigen Dienstag verlegt worden war.

Dort angekommen, platzierte sie ihr Cello neben sich, wurde aber von dem Nachbarn angerempelt mit den Worten, sie solle sich gefälligst nicht so breit machen. – Ein solchen Verhalten war sie nicht gewöhnt. Man ging normalerweise mit freiwillig engagierten

Mitgliedern so nicht um, schon gar nicht, wenn es sich um solche handelte, die öfters anspruchsvolle Solopartien zu übernehmen bereit waren. In der Pause wurde sie von einer netten, ihr wohlgesonnenen Bekannten in eine Ecke gezogen, die ihr auf die Schnelle zuflüsterte, dass allerlei Gerüchte bezüglich der Integrität ihrer Person in Umlauf seien.

Sie überlegte, ob Kuriositäten dieser Art eventuell mit ihren häufigen Besuchen bei dem oft allein im Hause verweilenden Herrn Abarrax in Verbindung gebracht werden könnten. Absurd! – Aber gewissen konservativen Dörflern konnte man das Manipulieren ganzer Einwohnerschaften zu Aktionen dieser Art durchaus zutrauen.

Nach der Probe – es war schon ziemlich dunkel – durchschritt sie eine kleine bewaldete Straße, die zum Parkplatz führte. Seltsame Gestalten hielten in ihrer Nähe an und grinsten ihr unverschämt ins Gesicht. Einer versuchte sie zum Einsteigen in seine Karre zu bewegen. Sie war fast geneigt zu fragen, von welchen Passanten die Ratten im Käfig der Begierden auf ein fünfundsechzig Jahre altes Stück Fleisch angesetzt worden seien. Beim Anblick der nächsten Visage, die ihr in Unternehmungslust der eindeutigen Art zuzwinkerte, ließ sie sich zu ihrer eigenen Überraschung zu einer verbalen Attacke hinreißen: „Der Spezialist für Ödipal-Neurosen wohnt in der Rammelgasse 13.“

7.

Burga, durch Verhaltensweisen, mit denen sie am gestrigen Abend fast hautnah konfrontiert worden war, immer noch aufgewühlt, versuchte sich zu beruhigen, indem sie über Gründe und Hintergründe derselben zu reflektieren begann. Sie wusste, dass Klerus und Landbevölkerung keineswegs im Einklang standen. Der Klerus schien weit offener zu sein für die Akzeptanz neuer, dem Zeitgeist gemäßer Moralvorstellungen. Trauungen an Paaren, die bereits Kinder hatten, wurden von Priestern widerspruchsfrei vollzogen, soweit sie informiert war. Sie war bei einer solchen Zeremonie als Cellistin aufgetreten, hatte die freie Atmosphäre genossen und bemerkt, dass manche im alten Dorf angesiedelten Bewohner, die ihre Töchter, wie man sagte, zur Zwangsehe mit der 'guten Partie' verpflichteten, murrend die Kirche verließen. An dem jedoch, was als verschwiegene Missetat seine Kreise zu ziehen begann – an Vergeudung von Geldern im achtstelligen Bereich beispielsweise – schienen genannte Personen in keiner Weise interessiert zu sein. Sie würden vermutlich keine Einschränkung, die ihnen durch unbewältigten Finanzhaushalt zugemutet würde, hinterfragen. – Von solchen Gedanken angeregt, versuchte Burga ihre kritische Auseinandersetzung mit der Situation in Reime zu fassen und humorvoll sich davon zu distanzieren.

Fern dem Horizont der Zeit

Dies Städtchen zieht dich in den Bann.

Schau es dir mal genauer an:

Es hat dem Geist, Esprit und Witz

so fern – 'nen super Bischofssitz.

Fürsten und Herrscher thronen

stilvoll. Wenn da auch Millionen –

wer weiß, wie viele an der Zahl –

dahinschwinden; 's ist keine Qual

für würdige Repräsentanten

den Zaster nicht grad festzuhalten. –

„Und umzuschaffen das Geschaffne,

Damit sich 's nicht zum Starren waffne,

Wirkt ewiges, lebend'ges Tun"[7]

so spricht der Meister. – Ja, es ruhn

die Kritiker der schnöden Welt

nicht. – Wollen sie dem Gotteszelt

gründlich da zu Leibe rücken,

Investment mit gift'gen Blicken,

laienhaft, mit Arm und Reich – dem

Staatshaushalt der Welt vergleichen? –

Hat doch die gottesfürcht'ge Strebung

in ihrer prächtigen Erhebung,

aus Seelenkräften, engelrein

gezeugt, nicht von der Welt zu sein! –

Wenn sich ein Mitglied, frei von Bangen

und Angst, in dem Problem verfangen,

---

[7] 7 J. W. Goethe, 'Eins und Alles', in: Gedichte, Epen und Essays, S. 449

das pekuniär, das finanziel-

ler Prägung ist, und drauf mal schnell

der 'Mäuse' sich, spezieller 'Kohle'

bedient, dann wird zu seinem Wohle

gar kunstvoll dieser Sachverhalt

zurechtgebogen. – Wie viel Halt

verleiht doch da – man kann 's erahnen –

Ekklesia ihren Untertanen! –

Doch darf man annähernd nicht denken,

sie habe etwas zu verschenken.

Kein Mensch, der nicht betroffen, weiß,

wie hoch in Wirklichkeit der Preis

ist – was da wer – ob Weib, ob Mann

nur ahnen, doch nicht wissen kann! –

Der Preis – im Leben gar real –

kann Anhängern durchaus zur Qual

werden, wenn sie bereits gefangen,

nicht aus dem Netz herausgelangen. –

Es hat Gebaren, hat Verhalten

des Menschen dort sich wohl zu halten

vom Greisenalter bis zur Jugend

an letzte Maßstäbe der Tugend. –

Denn gleichgültig ihren Geboten –

vor allem den Zentralverboten

gegenüber – sind die Pforten

zu Ekklesia nicht geworden.

Des Starverbots verwünschte Zwänge

führen den Menschen in die Enge. –

Gar mancher fällt aus allen Wolken,

wenn er mit Beispielen, die folgen,

einst konfrontiert wird und entdeckt,

wie sehr er im Schlamassel steckt.

Wenn da ein Weib, ganz unbeirrt,

den Nachbarn durch 'nen Blick verwirrt,

nicht hoch geschlossne Pullis trägt

und somit Ärgernis erregt,

wird es im Umkreis – 's ist kein Witz –

gemieden, wo der Bischofssitz

Gemeinden prunkvoll überragt. –

Wenn da ein Lächeln – sei 's verzagt –

sich zwischen Weib und Männlein regt,

die nicht verehelicht, bewegt

in zähem Fluss die Großhirnrinde

des Kollektivs sich bis zum Kinde;

Gedanken, die daraus sich fügen,

sie werden sichtbar. Nein, sie lügen

nicht; und keiner da verneint,

was da so offensichtlich scheint. –

Assoziationen dieser Lieben –

sie stehn auf ihrer Stirn geschrieben;

und also kommt 's, wie 's kommen muss:

es ist bereits der coitus,

den sie in einem Händedruck

erspähn. – Wenn sie da in geduckter

Mien' den innren Feind verjagen,

im Siegsrausch an die Brust sich schlagen,

als Menschen sich von Ehre fühlen,

darf man nicht wissen, was in Hüllen,

die frei gegeben von der Knechtung –

Zwang nicht kennen, Bann noch Ächtung –

irrationalen Arealen

sich verbirgt und da Gefallen

findet an der Perversion –

der Verdrängung letztem Lohn. –

Alles in allem lässt sich sagen:

das G'wand steckt unterm rechten Kragen.

Es hat das stolze Tugendkleid

im mittelalterlich Geschmeid'

Kämpfer und Streiter seiner Wahl

gefunden hier in diesem Tal.

8.

Burga fuhr zur Praxis von Professor Petersen. Sie blickte etwas angstvoll den Tiefenzuständen entgegen, die durch den erfahrenen Spezialisten bei einer Rückführung von ihr durchlebt werden könnten. Sie selbst war zwar mit Hypnosetechniken vertraut, doch nicht mit denen einer Rückführung in die Tiefe der seelischen Gründe, von denen sie bereits heimgesucht worden war auf dem Felsen.

Nun handelte es sich hier um eine künstliche Herbeiführung von Erlebnisweisen mit Tiefenstruktur, die der Lenkung des Fachmanns bedurften. Burga erreichte diesmal im Alphafluss den – ihr bereits bekannten – fünften Tiefenzustand, bei dem „die linke Hirnhälfte mit ihren fünfundzwanzig Prozent Wahrnehmungsanteil nur noch eine Beobachterrolle"[8] einnahm. Sie konnte – wie sie es bereits erlebt hatte – „Sinneswahrnehmungen aus dem früheren Leben simultan nachvollziehen."[9] Es war ein „Zustand des doppelten Bewusstseins."[10] Man war einerseits bei dem Geschehen, wusste aber zugleich, dass man Zuschauer ist. Sie glitt tiefer bis zum sechsten, selten zu erreichenden Tiefenzustand. Sie tauchte in

---

[8] Trutz Hardo, Das große Handbuch der Reinkarnation, S. 128
[9] ebenda S. 129
[10]ebendaS. 129

eine Tiefe des Erlebens ein, die ihr jedes dort sich vollziehende Geschehen als unüberprüfbar wahr erscheinen ließ. Sie spürte das tiefe Glück einer Beziehung und den schmerzvollen Verlust. Sie spürte ihren Schmerz über die Entartung des geliebten Menschen – sie durfte und konnte nicht bei ihm sein. – Ihre Gedanken kurz vor ihrem Tod wurden ihr gewahr: nie mehr lieben, nie mehr durch die Liebe zugrunde gehen, nie mehr das Wesen, das man am meisten liebt, zugrunde richten, nie mehr den Menschen, der Liebe erfahren und verloren hat, in die Hölle der Hoffnungslosigkeit schicken und die Sinnlosigkeit des Daseins spüren lassen. – Sie wollte wiederkehren als ein ordnungsschaffendes, nützliches Glied der Gesellschaft, das jene himmlische, für die Welt vernichtende Macht bekämpft: den Eros. – Auf dieser Höhe des Schmerzes wurde sie aus ihrer Erfahrung herausgerissen und zurückgeholt.

Tief und anhaltend war der Zustand unabwendbaren Elends, nachvollziehbar der Rückzug in die Verhärtung. Es schien ihr, als laste der Schmerz all der Menschen auf ihr, die ein ähnliches Schicksal im Laufe ihrer Wanderung durch die Zeit erlitten hatten. Sie sah sich als Liebende, durch deren Liebe das Wertvollste in ihrem Leben zum Untergang verdammt war – zugleich aber sah sie sich als das andere, als den Stolzen, den Vernichter, der jedes Opfer jener Überzeugung bringt, dass das Unvorhersehbare, das nicht im Kalkül zu Fassende, das nicht Planbare, die nicht vertragsgesicherte Beziehung, die Liebe zwischen zwei Menschen in feindlichen Lagern – die Liebe als großes Gefühl – vernichtet und bereits im Keim erstickt werden müsse. – Und plötzlich standen ihr die Attacken der gemeißelten Mitbewohner, ins Mittelalter versetzt und nie im einundzwanzigsten Jahrhundert des Hier und Jetzt angekommen, vor Augen – und sie erblickte ihr eigenes Angesicht in der Inkarnation seiner Versteinerung: den Inquisitor.

Eine eigentümliche Empfindung bemächtigte sich ihrer Sinne: sie – ein körperloses Etwas – raste in einem dunklen Tunnel durch ein verändertes Raumzeitkontinuum hindurch und wurde von einem anderen Zeitraum ins Innere gesogen. Sie war auf der Ebene eines Tiefenzustandes angelangt, in dem sie gerade noch zwischen ihrem Ich und der ihrem geistigen Auge erscheinenden Gestalt in der Mönchskutte zu unterscheiden vermochte. Ja, sie selbst war der Mönch. Sie erfuhr ein neues, wenn auch nicht gänzlich von ihrer heutigen Existenz abgekoppeltes Ich-Bewusstsein: sie – er – war ohne Emotionen, hatte alles, was sich in der Psyche zu regen begann, verbannt, war zum fühllosen Bewusstsein pur erwachsen, war Befehl und Ausführung gewordener Wille.

Diese Gestalt – dieses sich zu dieser Gestalt gestaltende Walten und Wirken eines Menschen – wurde durch eine tief verwurzelte Einstellung zum Leben erzeugt, die jedes Leben, jede Vorlage eines eigenen, lebendigen Lebens aufgegeben hatte. Er lag mit sich selbst permanent im Kampf, der Leblosigkeit zum Sieg zu verhelfen, der Unveränderlichkeit, der Freiheit von jeglicher Empfindung. Auch jede noch so winzige Gefühlswallung musste beseitigt werden – war sie doch als das entlarvt worden, was jene den Vernunftprinzipien unterworfene, geordnet gestaltete Welt in Unordnung bringt, die Hoffnungsfrohen in die Fron emotionaler Abhängigkeit zwingt, im Chaos der Schattenwelt zum Berserker entarten lässt. –

Doch er war nicht ohne Hoffnung. In seinem jungen Sekretär sah er einen Sohn – einen vielversprechenden Nachfolger. Er erfüllte mit großer Hingebung die Aufgabe, ihm Mentor und geistiger Führer zu sein. Konstantin war sein Freund. Diese Freundschaft gab ihm – trotz aller Anspannung unumstößlicher Gewissenhaftigkeit, die ihn wieder und wieder zur Austilgung von Leben zwang – die Kraft zu leben.

Burga sah das Ebenbild ihrer Ich-Identifikation, den Mönch, in verbaler Auseinandersetzung mit seinem Schüler. Es schien ihr, als gingen die seinen Aktionen zugrundeliegenden Motivationen wie seine Gedankenwelt auf ihr Bewusstsein über.

„Schau her, Konstantin, die Blonde mit den Zöpfen!" – „Das soll ein braves Mädchen sein, Meister, – fromm, lauter in ihren Gedanken, gottgefällig." – „Das siehst du falsch, mein Sohn. Ich habe Informationen aus zuverlässigen Quellen. Das ist eine Hexe. Lass dich nicht von ihrer Schönheit blenden, mein Junge; Schönheit buhlt mit dem Teufel. Wir müssen das Mädchen von seinem Körper befreien, um seine Seele zu retten." –

Burga vernahm, ja spürte auf der Ebene ihres weit fortgeschrittenen Tiefenzustandes das schmerzverzerrte Schreien der Menschen; sie roch das verwesende Fleisch der Leiber, sah Maden über das Gebein kriechen und war fähig, die Gedanken des Meisters zu erkennen. Es war nicht der Wille zur Macht, der ihn zu so grausamer Auslöschung des Lebens trieb. Er glaubte wirklich daran, dass die Seele, sofern sie sich nicht ganz von leiblichem Verlangen, von ihrer Bindung an den Körper gelöst habe, niemals Frieden finden könne. Sie selbst wurde sich ihrer eigenen Identifikation mit dem männlichen Prinzip bewusst, dem Leib-Seele-Dualismus. Sie sah mit den Augen des Meisters, vernahm seine Stimme als die ihrige und wurde in den Strudel seiner Besessenheit hineingezogen. Sie erfuhr ihr erlebendes und denkendes Ich als in der Welt des Meisters gefangen. Sie war stolz auf ihre ausschließliche Identifikation mit dem Maskulinen und fühlte sich in tiefen Schichten ihrer Seele zur reinen Freundschaft berufen – jenseits der Verschandelung durch Emotionen – zur Freundschaft, derer das Weib nicht würdig sei. Sie erblickte Konstantin. Ja, er war ein wahrer Freund, der beste, den man sich wünschen konnte. Doch sie – als das aus dieser Vision kurzfristig auftauchende 'alter Ego' – in ihrer Vorstellungswelt im Hier und Jetzt fühlte sich plötzlich beglückt durch die Umarmung eines Menschen, Konstantin so ähnlich. – Damon! – Und schon trieb ihr geistiges Auge hinter Brille und Blickwinkel des Inquisitors sie zur Umkehr. – Damon entartete vor ihren Augen zum Verräter an der Idee – hilfsbereit, doch emotionsbeträufelt – hinabgestiegen zu den Stiegen des Weibes, mutiert zum Initiator weiblicher Einbildungskraft. „Das ist Hochverrat am Geiste!" – so hörte sie im Innern die Stimme des Großmeisters rufen. – Das, was da zur Widerspiegelung ihres entfremdeten Innenbildes ans Tageslicht des Bewusstseins befördert wurde, stand zu der Suche nach ihrer tief innerlich verwurzelten, ursprünglichen Identität in unvereinbarem Widerspruch.

Nach dem Aufstieg aus Tiefenzuständen, den Krypten der Seele, hallten Dissonanzen aus aufgewühltem Untergrund und erzeugten – gleich einem unvermeidlichen Widerhall – zu Missklängen entartete Klangmuster beim Aufprall an die Oberfläche.

Burga erkannte, dass das Schicksalsrad sich niemals mehr zurückdrehen lässt. Niemals wieder kann sie Armenia sein, war sie doch selbst durch ihren Abschied vom gelebten Leben, dem Abschied von der Bereitschaft, sich seinen Qualen zu stellen, und schließlich durch ihre ins Leben eingreifende Verteufelung des Eros zum Monster geworden, zur Schreckensmaske entarteter Existenz. – Sie erkannte, dass sie mit einer solchen Altlast – beladen mit so viel Schuld – kein Glück, nicht das private Glück, aus dessen Quell die Menschen leben, verdient hat. Ihre Seele wusste es. Die einmal getroffene, folgenreiche Fehlentscheidung auf dem Weg durch die Zeit musste – im Sinne einer prästabilierten Harmonie – ihr den Zugang zu einem Menschen, die Möglichkeit, ihm auf der Ebene erlebter seelischer Tiefe nah zu sein, vereiteln. Die Existenz des Inquisitors, der sich in seiner anti-jesuanischen 'Gottesliebe' der „Verrohung von oben"[11] am Leben versündigt hat, verlangt Sühne.

Tief in ihrer Seele wird die Sehnsucht nach dem Glück weiterleben, das ihr im Spiegelbild der Entscheidung zur Fühllosigkeit entzogen worden war. Jeder Atemzug wird sie fortan mit Schmerz und Trauer erfüllen, aber auch mit der Hoffnung, vielleicht einmal

---

[11] Vgl. Markus Gabriel, Ich ist nicht Gehirn, Berlin, 2015, S. 309

am Ende aller Zeiten ihrem teuersten Freund als die wieder begegnen zu dürfen, die sie einmal war.

Der Weg durch die Geschichte, den wir beschreiten – auch wenn wir diejenigen sind, die aus grenzwertigen Erfahrungen zu falschen Schlussfolgerungen sich hinreißen oder durch die Umstände der Zeit zum Begehen des falschen Weges verleiten lassen – fordert seinen Tribut.

Die Vergangenheit –

die Vergangenheit einer gelebten Lebensgeschichte,

die Vergangenheit einer ins Dasein geworfenen,

am Auftrag des Menschseins gescheiterten Existenz,

die Vergangenheit, von der allein die Seele weiß,

muss gesühnt werden, auf dass die Schuld –

die Sünde wider den Geist – Vergebung finde

und dem Menschen verziehen werde,

„einmal den Fehlläuten der Nachtglocke gefolgt"[12]

zu sein.

---

[12] Franz Kafka, 'Ein Landarzt', in: Sämtliche Erzählungen, S. 124

Burga – in ihrem Leben im Hier und Heute – wusste, dass es für sie Menschen – insbesondere einen Menschen – gab, von dem sie sich angenommen fühlte – und das bedeutete viel. –

Wir alle gehen durch die Geschichte, wir alle sind mit der Erbschuld des Hochmuts belastet, uns selbst am allerwenigsten unsre Fehler zu verzeihen – als sei eine solche Einstellung die notwendige Voraussetzung, um in Ehren das Leben zu meistern. – Wir verneinen unsre ins Dasein geworfene Gebrochenheit.

Ist die Verweigerung von Vergebung, gerade sich selbst gegenüber, nicht die gnadenloseste Form von Hybris, zu welcher der Mensch fähig sein kann? – so grub sich die Frage aus Krypten der Tiefe empor, bis sie das Tageslicht des Bewusstseins erblickte. – Wer bist du, Mensch, der du in die Tiefe der Hölle hinabtauchen musst, um zu wissen, was Heimat ist!

Burga vernahm das Läuten der Morgenglocken, jene zum Klang gewordene Schwingung, welche die Schatten der Nacht zu vertreiben imstande ist – und ein neuer Morgen begann.

Sie sah das Weltgeschehen, verknüpft mit ihrem eigenen Schicksal, im Lichte einer vorher nie wahrgenommenen Klarheit. Ihr war eine zweite Chance gegeben auf der großen Reise durch das Labyrinth der Zeit – das Geschenk der Begnadigung: die Hinführung zu ihrer alten, wiedergewonnenen Identität – eine Gabe von unermesslichem Wert.

Das zwielichtige Streben nach einem von der Natur abgekoppelten, Welt und Ordnung gestaltenden Selbst, hineingeflochten in die Verneinung lebensbejahenden Ursprungs, schien wie ausgetilgt. Die erhabene Seelenkraft der Liebe hatte ihr Wesen zum Quell der Lauterkeit zurückgeführt und ihr Bewusstsein endgültig mit der Gabe des Wissens ausgestattet:

Du bist all das,

was dich ergreift.

Weg ins Wagnis

Science-Fiction-Novelle

1.

Fortgeschritten ist die Zeit, fortgeschritten der Wandel der Gesellschaft. Das einundzwanzigste Jahrhundert neigt sich seinem Ende. Marsexpeditionen sind erfolgreich gelungen. Der Zeitpunkt des Eintreffens von bemannten Erdsatteliten zum richtigen Zeitpunkt auf der Marsoberfläche – trotz aller möglichen Schwankungen und Abweichungen durch unvorhersehbare Einflüsse – wurde mit in die Kalkulation einbezogen und brillant gelöst. Der Handlungsspielraum der zu Astronauten ausgebildeten Astrophysiker ließ ein gewisses Maß nicht überschreitende Improvisationsmöglichkeiten im Umgang mit Problemen und Überraschungen zu auf dem etwa halbjährigen Flug bis zum Zeitpunkt ihrer Ankunft auf unserem Nachbarplaneten. Das Distanzminimum Erde-Mars, etwa einer Entfernung von sechsundfünfzig Millionen Kilometern endsprechend, musste gemeistert werden – und zwar so, dass Zeitpunkt und Ort in präziser Abstimmung aufeinander erfolgen könnten. Eine Übereinstimmung von minutiös korrekter Planung und erwartungsgemäßem Erfolg ließ die Gattung 'homo sapiens' nicht im Stich – dank ihrer Fähigkeit zur Präzision und zum Wagnis ins Unerforschte.

Die Entstehung einer erdähnlichen Atmosphäre stellte sich nicht als einziges Problem einer möglichen Besiedlung des erdnahen Planeten. Das Klima verursachte unzumutbare Härte: die Kälte der Sonnenferne. Schon auf dem Heimatplaneten hatten Klimaprobleme, wenn auch entgegengesetzter Art – künstlich erzeugte Aufheizung und ihre Folgen – für Katastrophen gesorgt, die auch im einundzwanzigsten Jahrhundert nicht bewältigt werden konnten. Der Treibhauseffekt hatte trotz Gegenmaßnahmen letztlich doch dorthin geführt, dass der Anstieg des Meeresspiegels nicht mehr gebremst werden konnte. In unberechenbarer auf Landmassen angesetzter Vernichtungswut begann sich Mutter Natur immer stärker an Küstengebieten auszutoben. Der archaische Antrieb zu gnadenloser Gefräßigkeit ließ das stärkste aller Elemente ganze Küstengebiete verschlingen. Ein Großteil der dort angesiedelten Bevölkerung hatte sich schon vorher ins Landesinnere begeben. Der damit verbundenen wachsenden Bevölkerungsdichte versuchte man mit noch strengeren Vorgaben bezüglich der Nachwuchs-Expansion Herr zu werden.

Die an Verdienst und Einkommen geknüpfte Arbeit wurde unter der Bevölkerung so verteilt, dass die meisten sich nicht über Mangel an Freizeit beklagen konnten. Den Bonus, aber auch die Mehrarbeit erhielt der im Forschungsbereich tätige Aktivist im Rahmen der Berufsgruppe, die sich als Senkrechtstarter der Neuentwicklung, des Fortschrittsgeistes zu erheben schien. Stärker praktisch oder dienstleistungsgewerblich orientierte Berufe, wenn auch hochgradig Tugenden des Altruismus voraussetzend, standen zumindest im Hinblick auf ihre materielle Vergütung lange nicht so hoch im Kurs. – So wurden unter diesen Bedingungen auch Akademien, Tagungen, Gesprächskreise interdisziplinär und letztlich auf ein Forschungsprojekt ausgerichteter Gruppen von aufstrebenden Jungakademikern oft subventioniert. Tagungsorte, Einrichtungen bis hin zu einladenden Verköstigungen lockten mit reichhaltigen Angeboten – ganz abgesehen von der interessanten Thematik und den Referenten, die in der Regel sich nicht nur als Kenner ihres Fachs und Könner bei der Vermittlung verschiedener Positionen im Rahmen der Gesprächsführung einen Namen gemacht hatten, sondern auch dafür bekannt waren, über den Tellerrand ihres Bereichs hinauszublicken.

Tova Skipper war eine eifrige Teilnehmerin interdisziplinär ausgerichteter Wochenendtagungen und ein gern gesehener Gast. Titia, ihre Zwillingsschwester, nahm auch hin und wieder teil, zumindest dann, wenn ein gewisser praktischer Verwendungszweck ihr entgegenzuwinken schien oder sie gewissen Dingen auf den Grund gehen und diese als Meinungsmache entlarven wollte. Titia, der rothaarige der zweieiigen Zwillinge, war in keinerlei Weise feige oder ängstlich, sondern wesentlich mutiger als die bedachtsame Tova, die ihr als personifizierte Vorsicht erschien, es sogar ablehnte, durch Äußerlichkeiten aufzufallen, was ihr aber angesichts ihres natürlich superhellen Blondschopfs nicht gelang. Beide hatten ihre Studiengänge mit Erfolg gemeistert und standen am Anfang ihrer Berufslaufbahn.

Ein zwar häufig thematisiertes, aber nach wie vor vielversprechendes Thema weckte Tovas Interesse und schien ihren Forschungseifer zu beflügeln. Vier Grundkräfte – Bedingungen physikalischer Gesetze – zeichneten sich als Grundthematik des Programms ab. Die Gravitation schien bezüglich ihres besonderen Stellenwerts die entsprechende Aufmerksamkeit zu erfahren – war man ihr doch trotz erstaunlicher Ergebnisse, die bereits das frühe einundzwanzigste Jahrhundert geliefert hatte, bisher nur ansatzweise auf die Schliche gekommen. Nach wie vor hüllte sie sich in ein gewisses Geheimnis des Noch-nicht-Erforschbaren und schien den wesentlichen Baustein im jenseits der Greifbarkeit zu verschleiern und somit die Suche nach der Weltformel zu boykottieren. – In einem Verhältnis zu 'zehn hoch minus sechsunddreißig' stehend erwies sich diese schwächste aller Kräfte – wenn auch auf schmerzhafte Weise erfahrbar – gegenüber der mit dem Wert '1' versehenen elektromagnetischen Kraft, welche die Zusammensetzung der Materie, die Intaktheit des Atoms, letztlich unser Denken steuert. Erstaunlich! Dennoch glaubte man früher mal in dieser 'schwachen' Kraft, der Gravitation, den dominierenden, das Weltall in die Singularität zurücktreibenden Faktor zu sehen, nachdem man von einer Theorie des pulsierenden Universums ausgegangen war – so kreisten Tovas Gedanken um kosmologische Fragen, die zu ihren bevorzugten Interessegebieten gehörten. Sie hatte als studierte Astrophysikerin – mit besonderer Ausrichtung auf den Zusammenhang von Astrophysik und Teilchenphysik – sich für die Lehrtätigkeit an der Universität entschieden und arbeitete inzwischen an ihrer Habilitation.

„Ach, schau an, da kommt ja schon der andre Zwilling" – so
äußerte sich ein junger, gut aussehender Herr von schlanker Gestalt, ausdrucksvollen Augen und sensitiv erscheinenden Wesens-
zügen. Titia in ihrem ungefärbten Rotschopf grinste Tova schel-
misch entgegen, den Schalk im Nacken, anscheinend in guter
Laune und prächtiger Verfassung und am Händel von Fred, ihrer
Neu-Eroberung. Merklich hatte sie ihn schon um den Finger ge-
wickelt und für ihre Zwecke dienstbar gemacht – verriet Tovas
Mienenspiel, die sich höchstens Worte verkneifen konnte.

„Wir wollen grade mal zu unsrem old-fashioned people, natürlich haben wir uns selbst zum Tee eingeladen. Komm am besten
mit. Wenn sie dich sehen, freuen sie sich wenigstens" – jonglierte
Titia mit Worten schonungsloser Offenheit. Tova ging auf den
Vorschlag ein. Sie hatte die Eltern die letzten vier Wochen nicht
besucht. Dort angekommen, stellten sie zunächst mal Titias neuen
Freund vor, der dann auch sofort aufs Korn genommen wurde.
Frei von allen Regeln der Kunst bombardierte man ihn mit Fragen,
die man eigentlich einem Gast nicht stellt, wenn er zum ersten Mal
das Haus betritt. Dass er, genau wie Titia, den Beruf des Neurolo-
gen ausübte, schien den älteren Herrschaften zu gefallen.

Dass er sich in der Stadt niederlassen wollte und kurz vor der
Eröffnung einer eigenen Arztpraxis stand, gefiel ihnen noch bes-
ser. Einfluss auf ihre Tochter zu nehmen, es ihm gleich zu tun,
wäre ein sinnloses Unterfangen gewesen. Titia schien sich bei ihrer
Tätigkeit im Krankenhaus wohl zu fühlen und auch im Kreis der
Kollegen beliebt zu sein. Und beliebt war auch das, was da in der

Ecke des Raumes nicht zu übersehen war: nichts Wieherndes – worauf die Bezeichnung dessen, was man da erblickte, vielleicht hätte schließen lassen können – nichts durch Feuchtigkeit Verursachtes – nein! – schwarz zwar, aber in schwarzem Glanze erstrahlend und frisch poliert – für Fred eine Augenweide, man sah es ihm an. „Wir haben uns damals nicht für den Steinway, sondern für den Schimmel entschieden" – unterbrach Frau Skipper den regen Kontakt zwischen Freds leuchtendem Augenpaar und der auf Hochglanz gewienerten Oberfläche des Flügels, der darauf zu warten schien, dass jemand sich seiner erbarmte und ihn an den lichten Höhen der Kunst teilhaben ließ.

„Können Sie spielen?" – Vater Skippers Fragen entbehrten nie einer auf den Punkt gebrachten Konkretisierung. Ein stummes Nicken war die Antwort – und schon begann Frédéric – so lautete sein vollständiger Name – am verstellbaren Hocker zu drehen, um sich die entsprechende Sitzhöhe einzustellen.

Was sie da zu hören bekamen, verschlug ihnen die Sprache. Titia wusste zwar, dass er spielen konnte, hatte aber keine Ahnung davon, dass sie mit einem Pianisten aus Leidenschaft befreundet war. Vermutlich hatten seine Eltern das Musikstudium boykottiert, auf dass aus ihm ein angepasster, brauchbarer Medikus werde – so dachte nicht nur Tova im Stillen.

Der Besuch von Klavierkonzerten war eine nicht nur gesellschaftliche Gepflogenheit der gesamten Familie Skipper. Sie hatten Ahnung von der Interpretation klassischer Werke. Es fehlte ihnen nicht an Vergleichsmöglichkeiten. Eines war nach diesem Eindruck klar: an dem jungen Herrn ist ein bedeutender Pianist verloren gegangen. „Der letzte Satz der Appassionata – in dieser Weise zum Vortrag gebracht – findet sowohl in seiner technischen Brillanz wie auch in seiner Ausdruckskraft nicht so schnell seinesgleichen" – sagte der Vater bewegt, der sich in diesem Augenblick nichts sehnlicher wünschte, als auch Schwiegervater zu sein – und er war kein Mensch, der sich zu Komplimenten hinreißen ließ. „Die 'Baba Yaga'-Szene und das 'Tor in Kiew' aus Mussorgskys 'Bilder einer Ausstellung' waren geradezu ein Fest" – ergänzte die Mutter. – „Es wäre uns eine Ehre, wenn Sie in unsrem Haus für einige geladene Gäste ein kleines Konzert geben würden, falls es ihre Zeit erlaubt" – fügte der Vater bittend hinzu. Fédéric bejahte, hoch erfreut, Menschen gefunden zu haben, welche die Kunst zu würdigen wissen. Tova hoffte, dass es sich bei Titia diesmal nicht nur um eine ihrer Eskapaden handeln möge. Dieser begabte junge Mann wäre ein Gewinn für die ganze Familie – so stand es in den Gesichtern sämtlicher Familienmitglieder geschrieben, als Fred sich verabschiedete.

2.

Tova hatte sich am Montag gegen Abend, nach getaner Arbeit, in einen stillen Winkel der 'Himalaya-Teestube' zurückgezogen, die nicht nur durch ihre Lage auf einem felsigen Steilhang ihrem Namen alle Ehre gab, sondern auch durch ihren hervorragenden gleichnamige Tee – einem first flush aus direkter Ernte unmittelbar nach der Pflückreife. Aber nicht nur Hochlandgewächse, Darjeeling-Sorten unterschiedlicher Couleur, wurden dort aufgeboten, sondern auch kräftig und malzig schmeckende Schwarzteesorten aus Tieflandgewächsen, verschiedene Assam-Sorten wurden schmackhaft zubereitet – nach Wahl mit Rohrzucker oder mit braunem oder weißem Kandis – und für die unverbesserlich 'Linientreuen' mit Süßstoff und ohne Sahne.

Sie setzte sich in die hintere Ecke, mit dem Überfliegen der letzten Ausgabe eines 'Spektrum der Wissenschaft'-Exemplars beschäftigt. Fünf Minuten später tauchte auch schon der zwar nicht direkt erwartete, aber doch öfters erscheinende, in gewisser Hinsicht derselben Leidenschaft frönende Gast auf: die 'Feuerhexe' – wie man sie früher im Kreise ihrer Mitschüler genannt hatte – das Schwesterlein, das nie ein Blatt vor den Mund nahm und noch weitere ähnlich geartete Wesenszüge besaß, die Tova bei sich selbst

vermisste. Die nicht aus gleichem genetischem Material emporge-
schnellte Zwillingsschwester war ihr in ihrer Andersartigkeit von
Kindesbeinen an unentbehrlich. – Freilich stritten sie sich – und
wie! Es ging dabei um mehr als nur um situativ bedingte Unstim-
migkeit oder den Wettkampf um argumentative Überlegenheit. Es
ging um unterschiedliche Prinzipien, die möglicherweise auf sich
unterscheidende Erlebnisweisen zurückzuführen waren und letztlich nur ansatzweise auf der Basis einer gemeinsamen Grundlage
sich deduzieren ließen.

Titia hatte schon im jugendlichen Alter die Dinge fest im Griff,
verfügte über Manipulationsfähigkeiten, die besonders im Privatleben ihre Wirkung nicht verfehlten, machte keinen Hehl aus einem ihr eigenen Hedonismus. Wer Tatkraft, Energie und Durch-
setzungsfähigkeit in einem Gegenüber suchte, der fand in ihr einen
guten Freund und Helfer. Wer aber sensiblen Zugang, tröstenden
Zuspruch bei der Konfliktlösung seelischer Probleme oder gar
emotionale Betroffenheit erhoffte, der musste mit Enttäuschung
oder sofortiger Zurückweisung rechnen. Sie war wohl die geborene
Acht[13] – wie Herr Hartmann, der geschätzte Ethiklehrer, sich aus-
zudrücken pflegte. Beide Schwestern hatten sein Kursangebot für
die gymnasiale Oberstufe wahrgenommen. Im Rahmen der Thematik 'Anthropologische Grundlagen der Ethik' hatte er einen
Ausflug in Richtung der Typologien unternommen und ihnen ein
Wissensgut vermittelt, von dem sie bis heute profitierten. Das

---

[13] Vgl. Don Richard Riso, Das Enneagramm-Handbuch, München, 1993,
S. 231

'Enneagramm' in seiner Differenziertheit, seinem Aufweis dynamischer Entwicklungs- und Integrationsmöglichkeiten zwischen vorgegebenen Persönlichkeitstypen war vor allem für Titia ein wichtiger Bezugspunkt bei der Einschätzung von Menschen geworden. Sie als die geborene Acht[14], mit der sie sich nur allzu gerne identifizierte – den Typus des 'Führers' verkörpernd – sah ihre Möglichkeit, im Leben Großes zu schaffen, in ihren vorherrschenden Eigenschaften – vor allem in Kampfbereitschaft und Mut – grundgelegt.

Sie war „erdgebunden und genoss die materiellen Freuden des Lebens"[15] und überzeugte Menschen durch ihr ausgeprägtes Selbstbewusstsein und ihre persönliche Ausstrahlung.

Kaum hatte Titia bei ihrer Schwester im hinteren Eckchen der Teestube – was sonst gar nicht so ihren Gepflogenheiten entsprach – Platz genommen, begann sie auch schon ihren Freund Fred unter dem Aspekt des Enneagramms unter die Lupe zu nehmen. Natürlich konnte sie sich nicht verkneifen, seine in ihren Augen positiven Entwicklungsmöglichkeiten zu thematisieren – die selbstverständlich unter ihrem Einfluss gefördert werden sollten. Er verfüge ja wohl über Fähigkeiten, die ihn für alle Mitglieder der Familie Skipper unentbehrlich machten – so ihr Kommentar – und er dürfe auf gar keinen Fall in Richtung der Desintegrationslinie[16]

---

[14] Vgl. Don Richard Riso, Das Enneagramm-Handbuch, München, 1993, S. 231
[15] Don Richard Riso, ebenda
[16] Vgl. Don Richard Riso, ebenda S. 152

abfahren und vom 'Künstler' zum 'Helfer' werden. Er müsse stärkeren Ich-Bezug gewinnen.

Tova beäugte skeptisch die Schwester und riet ihr, ihre Manipulationsfähigkeiten nicht auf Fred anzuwenden und einer Künstlernatur ihre Freiheit und Selbstfindungsmöglichkeit aus eigner Kraft zu lassen. Titia begann daraufhin – von Widerspruchsgeist und Sprunghaftigkeit getrieben – die asketische Lebensweise ihres Zwillings als ungesund zu kritisieren. – „Du lebst privat viel zu isoliert. Seit dem bedauernswerten Unfall deines Freundes bist du Single im wahrsten Sinn des Wortes. Du vergreifst dich an deiner psychischen Gesundheit. Pass auf, dass deine beinahe schon klerikale Moralvorstellung nicht deine Psyche vergewaltigt." – Tova versuchte die Schwester in Schranken zu weisen und bezog sich auf die Andersartigkeit von Prozessen, die offensichtlich ihrer Psyche zugrunde lägen. Sie selbst müsse wirklich lieben, um sich auf körperlicher Ebene mit einem Mann einlassen zu können. „Was für ein dummes Zeug! – und das in der Post-Gender-Generation. Auf welchem Stern lebst du? – Liebe – oder wie man das Phänomen der körperlich-psychischen Anziehung auch immer nennen will – ist zur Entspannung da. Dieses Bedürfnis, mit einem antiquierten Überbau befrachtet, führt, wie wir heute aus medizinischer und psychologischer Sicht wissen, zu schwerwiegenden Neurosen, unter denen früher ganze Generationen – vor allem die von der Moses-Genesis-Mythologie unterjochten Frauen – gelitten haben. Da gibt 's nur eins: Los davon! – Aber vermutlich hält dich ja noch etwas anderes von einem normalen Leben fern." – „Ich warte auf deine Ausführung, liebe Schwester." –

„Suchst du nicht dasselbe in der Partnerschaft wie in deinem für einen akademischen Laden 'erfolgreichen' Betreiben der Suche nach Erkenntnis? Suchst du nicht das All-Eine, das letztlich Unerreichbare?" – Tova stutzte. Titia setzte ihre Rede fort. „Ich habe erfahren, dass du jenseits deiner kosmologischen Studien – jenem vertieften Einstieg in das Eventuell der ersten Nanosekunden – mit gewissen kuriosen, völlig überholten philosophischen Studien über die Bedingung der Schöpfung dich beschäftigst." – „Ja, da stimmt. Du hast recht" – gab Tova zu ohne zu zögern. „Aber deine Eischätzung dieser Studien scheint mir unangemessen. Ich bin mit meinen Forschungen an einem Grenzgebiet angelangt, das eine Nähe zu alten, religionsphilosophischen Reflexionen darstellt. Die sogenannte 'coincidentia oppositorum'[17] des Nikolaus von Kues – falls du dich an dein Schulwissen erinnerst – sagt aus, dass dort, wo das Denken seine Grenze überschreitet, den letzten Grund zu denken versucht, das Größte und das Kleinste nur als Zusammenfall der Gegensätze 'begreifbar' sein kann. Dieser Gedanke ist alt und immer wieder neu, wenn er uns an den Grenzen der Forschung überrascht." –

„Danke, ich verzichte auf ein weiteres Eingehen auf ein so abgehobenes Thema. Weißt du was? Auch ich habe Forscher-Ehrgeiz – aber anders als du. Wenn ich an unsre letzten Nobelpreisträger im interdisziplinären Bereich der Hirnforschung denke, so kann ich nur sagen: alle Achtung! Hier hat man was für die Menschheit getan." – „Ich verstehe" – kam Tova ihr entgegen.

---

[17] Vgl. Nicolai de Cusa, De docta ignorantia, Buch 1, Hamburg, 1964, S. 19

„Du beziehst dich wohl auf die Entschlüsselung der oft im Alter veränderten Raumstruktur gewisser Proteine, die die Kalziumzufuhr stoppen und vaskuläre Demenz verursachen." – „Nagel auf den Punkt getroffen!" – lobte Titia die Schwester, die sie von Kindesbeinen an schon immer bei findigen Tüfteleien überboten hatte und mit der Fähigkeit ausgestattet war, die Dinge auf den Punkt zu bringen. „Ja" – setzte sie ihre Rede fort, „eine großartige Sache, die wirklich mehrere Nobelpreise verdient hat. – Sollte ich mich habilitieren – und mir ist der Gedanke durchaus schon durch den Kopf gegangen – so werde ich von einer praxisbezogenen Grundlage ausgehen, empirisch orientiert. Ich würde im Notfall sogar meine eigene Physis für ein erfolgversprechendes Experiment zur Verfügung stellen, falls es nötig wäre. Den Mut für einen solchen Einsatz besitze ich ja wohl, wie du weißt, meine liebe Schwester!" – „O ja" – seufzte Tova; „an Mut fehlt es dir wirklich nicht. Hoffentlich wird aus Mut nicht irgendwann Übermut!"

„Lass uns aufbrechen; Fred wollte noch mal bei mir vorbeischauen." – „Aber klar, Titia, aber pass auf, dass du ihn nicht überforderst; bedenke, er ist Künstler, den man nicht nach eigenem Gutdünken miss… – Entschuldigung – ich meinte natürlich – gebrauchen sollte." – „Habe schon verstanden. Keine Angst, Schwesterherz; ich will ihn ja nicht loswerden. – Übrigens, ich bin mit der Taxe gekommen. Mein Wagen steht im Autohaus und wird wahrscheinlich gerade mit ein paar Neuerungen bestückt." – „Prima! Auf diese Weise kann ich dich gleich mal mit meinem neuen Flitzer bekannt machen. Du kennst meine Kindheitsphantasien und meine Faschingskostüme im Astronautenlook. Bei mir tobt sich Unvernunft halt eben in Geschwindigkeitsphantasien aus." Tova freute sich auf jede Fahrt mit ihrem neuen Wagen. Auf dem Parkplatz angekommen, sah sie Titias Augen leuchten, die sich offensichtlich schon an der äußeren Ausstattung des Prachtstückes zu weiden schienen. Die Türen öffneten sich auf Befehl – auf die Stimme des Besitzers programmiert. Eine bequeme Couchgarnitur, darüber aufblinkende Lichtsignale, die auf persönliche Ansprache reagierten, ein Rundtisch, daneben ein Kühlschrank wurden präsent, das Hologramm des 3-D-Schachs leuchtete auf. Titia nahm Platz auf dem Sessel der Sitzgruppe und Tova bereitete dem Schwesterlein seinen 'Martini, geschüttelt, nicht gerührt' und holte für ihre eigene Verköstigung eine Flasche Eiswein aus der Kühltruhe. Und schon ging 's los – im Anschluss an die klar formulierte Information an den Computer bezüglich des Zielortes setzte sich die Limousine in Bewegung. Man konnte es sich bequem machen und den Blick auf die Umgebung in ihren wechselnden Erscheinungsbildern genießen.

3.

Titia war an der Reihe, Fred in seiner Wohnung – ein paar Straßen von seiner künftigen Praxis entfernt – einen Besuch abzustatten. Sie stellte sich auf eine lange Nacht ein; beide hatten das Glück, morgen erst um zehn Uhr im Krankenhaus für ihre Arbeit eingeteilt zu sein. Sie wurde überrascht – und zwar von einem Gewitter – zum Glück keines von den trockenen – ein prasselnder Platzregen folgte ihm. Gut, dass sie an ihren alten Knirps gedacht hatte. Fred war schon um ihre heile Ankunft besorgt und empfing sie bereits am Hauseingang. In der Wohnung angekommen und den durchnässten Schirm beäugend, wies er sie mit Bedauern darauf hin, dass er leider keinen Ständer besitze. – „Mach dir nichts draus, ich habe auch keinen, und das ist viel schlimmer" – entgegnete Titia im Anflug schlagfertiger Ironie. „Ja, ja, sehr lustig" – reagierte Fred, frei von Verlegenheit, da er den Hang der Freundin zur Witzelei der schonungslosen Art bereits kennen gelernt hatte. „Du sag mal" – versuchte er abzulenken, „kennst du eigentlich den alten Studiendirektor Hartmann? Hatte der nicht an eurem Hawking-Gymnasium unterrichtet?" – „Woher kennst du meinen Ethik- und Geschichtslehrer?" – „Er ist seit langem mit meinen Eltern befreundet und besucht sie regelmäßig; und ich muss sagen – da kamen lange und ergiebige Gespräche in

Gang zwischen den dreien, wirklich beachtlich. Als Schüler freute ich mich jedes Mal, wenn ich dabei sein durfte." – „Hartmann ist eine Kapazität – der beste Lehrer, von dem wir in unsrer Schulzeit unterrichtet wurden. Nebenbei bemerkt, gewann sein Faible, uns in langen Sätzen reden zu lassen, am Ende Wettspiel-Charakter. Mein älterer Zwilling war von seinem Unterricht mehr als begeistert." – „Apropos Zwillinge – denk jetzt nicht, dass ich irgendeinem Aberglauben anhänge – aber ich habe mir in der Tat mal ein Astrogramm erstellen lassen und auch mal bei einer Astrologentagung teilgenommen. Bei Tova und dir würde ich nie darauf kommen, dass ihr dasselbe Sternzeichen seid. Aber das müsst ihr ja wohl, sonst wärt ihr ja keine Zwillinge." – „So ist 's" – erwiderte Titia. „Auch ich habe in meiner Sturm und Drang-Phase etwas mit Astrogrammen herumgespielt und dabei festgestellt, dass unser gemeinsames Sternzeichen 'Löwe' keinen gemeinsamen Aszendenten aufweist. Meine etwas früher geborene Schwester hat ihren Aszendenten in der Waage, ich aber im Skorpion." – „Madame, sie sind mir zu gefährlich!" –

Fred lachte, ja strahlte übers ganze Gesicht. Sofort aber huschte ein Schatten über die für Sekundendauer entspannte und offene Fröhlichkeit des vertrauenerweckenden jungen Mannes. Titia ging sofort darauf ein und wollte wissen, ob ein solcher Wechsel in irgendeinem Zusammenhang mit ihrer beider Beziehung stehe. Fred verneinte und sprach offen über Erlebnisse seiner Vergangenheit, die möglicherweise diesen zunächst wohl nicht rational erklärbaren Umschwung ansatzweise plausibel machen könnten. Titia forschte nach und Fred versuchte den in seinem Bewusstsein zugänglichen sozialpsychologischen Background zur Erklärung seiner Befindlichkeit im Hier und Jetzt näher zu sichten. Mit einem gewissen Anflug von Schmerz sprach er über die Erinnerung an seine Großmutter, die offensichtlich in seiner Kindheit und Jugend eine entscheidende Rolle bei seinem Reifungsprozess eingenommen haben musste. „Mit meiner Lena-Oma – Urgroßmutter durchgehend mütterlicherseits" – so begann er, „war ich von Anfang an seelisch verbunden. Es schien mir, als könnte ich ihre Gefühle fühlen, ihre Trauer um das verlorene Lebensglück. Obwohl sie bereits kurz vor der Wende zum einundzwanzigsten Jahrhundert geboren worden war, spielte sie, ein Mädchen südeuropäischer Herkunft, die Rolle einer Sklavin, der man kein Eigenleben zubilligte. Die negativen Seiten der Bindung an religiöse Institutionen oder mehr noch durch religiöse Scheinbindungen vergesellschafteten Lebensformen hatten sich in ihrem bedauernswerten Leben verdichtet – einem Leben, das so hoffnungsvoll und bedeutend hätte sein können. – Als einziges Kind – als unerwünscht Tochter – gestattete man ihr zwar, bis zum Abitur 'die Schulbank zu drücken', wie ihr Vater sich zu äußern pflegte, aber nicht die Universität zu besuchen – und das trotz ihres Notendurchschnitts, der sie finanziell abgesichert und ihr jedweden Studiengang ermöglicht hätte. Sie wurde zu einer kaufmännischen Ausbildung verpflichtet, um dann im Betrieb des Vaters mitzuarbeiten. Dem Mann, den sie liebte, wurde bald Hausverbot erteilt, da sie ja einem aufstrebenden Emporkömmling zugeteilt worden war, der das Unternehmen einmal leiten sollte. An ihr persönlich hatte dieser Opportunist nicht das geringste Interesse – woraus er von Anfang an keinen Hehl gemacht hatte; aber ihre Eltern insistierten auf dieser Bindung – nach dem Motto „du sollst ihn ja nicht lieben, du sollst ihn heiraten – und zwar mit allen Konsequenzen, die diese Pflicht dir auferlegt." Als Tochter aus einem Haus, das der südeuropäischen Tradition gnadenlos zwangsverbunden war, hatte man sich zu fügen. Gegen gefährliche Wogen kämpfte sie quasi auf einem brüchigen Schiff, das ihr zu steuern verboten war, ums Überleben. Natürlich hatte sie verbal diese Brüchigkeit zu verkleistern – was sich auf ihren Gesundheitszustand nicht gerade positiv auswirkte. Der Mann, der sie liebte und der sie hätte retten können, wurde mit brachialer Gewalt aus ihrer Nähe entfernt. Die Übermacht der religiös institutionell Gebundenen und ihrer verankerten Scheinmoral war so fordernd, dass dem Individuum, insbesondere dem züchtungsbedürftigen Weibe, die Luft zum Atmen genommen wurde." – Fred hielt inne; Titia übernahm daraufhin das Wort: „Man kann sich eine Lebensweise dieser Art heutzutage in einer zum Weltbürgertum hin entwickelten oder zumindest in Entwicklung begriffenen Gesellschaft kaum noch vorstellen, selbst dann nicht, wenn man diejenigen einbezieht, die nach ihrer Flucht am Anfang unsres Jahrhunderts sich selbst und ihre Nachkommen versäumt haben zu integrieren. Denn selbst dort hat der Geist der Entwicklung zum Neo-Humanismus inzwischen gefruchtet, so dass eine solche Gleichgültigkeit gegenüber dem Einzelnen undenkbar erscheint. Das Individuum könnte seine Rechte wahrnehmen und familiär bedingten Sklavereien gegenüber jederzeit Einhalt gebieten – und zwar mit wesentlich mehr Erfolg als am Anfang des Jahrhunderts" – reagierte Titia auf die Ausführungen des Freundes und fuhr in ihrer Rede fort: „Unser geschätzter Lehrer Hartmann hat aus der Perspektive seiner religionswissenschaftlichen Studien uns einen

Einblick in historische Zusammenhänge gegeben, mit uns die Frage nach der unauflösbaren Widersprüchlichkeit von jesuanischem Anspruch und jenen gesellschaftlichen Forderungen diskutiert, die aus der Konstantinischen Wende entstanden sind. – Meines Erachtens haben sogenannte 'religiös' verbriefte Einflüsse, die in Wirklichkeit höchstens kirchenpolitisch motiviert sind, den Menschen oft mehr geschadet als genützt – für die vernachlässigte Frau eine Beleidigung, war sie doch schließlich die Leid Tragende, den grundlegenden Rechten beraubt, als Mensch wirken, leben und lieben zu dürfen. – Ich kann mir vorstellen, dass die Erinnerung an das Sklavendasein eines geliebten Menschen noch die Nachkommen belastet und – der Amygdala eingespeichert – epigenetische Auswirkungen haben kann." – „Ich glaube, wir müssen einem Schicksal oder dem, was auch immer unsrem Hiersein zugrunde liegt, einem über uns waltenden Wesen vielleicht – dankbar sein, im Hier und Heute leben zu dürfen." – Die Worte des Freundes wurden von Titias Einspruch unterbrochen. „Mit dem Begriff 'Schicksal' kann ich mich wohl versöhnen – allerdings im Sinne der ergebnisorientierten Intention: der Mensch schmiedet sein Schicksal. Allerdings steht der Begriff eines über dem Menschen waltenden und möglicherweise noch wohlwollenden Wesens im Widerspruch zu dem, was sich in der Geschichte der Menschheit vollzogen hat. Wir allein haben die Kraft und die Macht zur Korrektur. – An dieser Stelle lass uns bitte zu dem übergehen, was manchen unserer Vorfahren verwehrt wurde. Lass uns unsren Emotionen Ausdruck verleihen. Ich bin sicher, unsre Ahnen hätten ihre helle Freude dran." – Mit diesen Worten begann sie Fred von dem, was körperlich zwischen ihnen stand, zu befreien und wühlte sich mit flinken Fingern unter sein seidenes Hemd, um seine Haut zu fühlen, dem Schlag seines Herzens nahe zu sein. Ein kurzer Aufschrei seinerseits auf die Vehemenz einer etwas massiven Attacke trieb sie in die Reminiszenz vergangener Zeiten – die Augen leuchteten im Smaragdgrün Skandinavischer Fjorde und Worte ihres Lieblingsdichters quollen über ihre sinnlichen Lippen: „The road of excess leads to the palace of wisdom."[18]

Heiß war die Nacht – trotz des vergangenen Gewitterregens – zumindest aus der Perspektive der subjektiven Empfindung. Der neue Morgen begann mit einer Abkühlung unter der Dusche und sandte in Form des verfeinerten Hörgenusses einiger Variationen aus Bachs 'Kunst der Fuge' seine ersten Atemzüge der Welt entgegen. Das zu einem wunderbaren Klangbild kosmischer Schwingungen entworfene Kalkül der kontrapunktischen Komposition hob den Tag in die Sphären des Bewusstseins empor und ließ die Dimensionen träumerischer Schwüle im Nebulosen der Sprachlosigkeit verklingen. Im Krankenhaus angekommen, trennten sich ihre Wege. Die Abteilung für Neurologie war in unterschiedliche Bereiche unterteilt. Titia freute sich darauf, Frau Bardowin, eine ihrer Patientinnen, nach ihrem schweren Unfall betreuen zu dürfen. Nach einigen von den 'Back-to-Life'-Spezialisten vorgenommenen erfolgreichen Versuchen der Wiederbelebung nahm sie gern ihre Aufgabe wahr, eine der ersten Ansprechpartner zu sein für Patienten, die eine Nah-Tod-Erfahrung durchlebt hatten.

---

[18] William Blake, The Marriage of Heaven and Hell, Proverbs of Hell (28)

Im Anschluss an ihren Facharzt in Neurologie hatte sie eine zusätzliche therapeutische Ausbildung absolviert und sich mit großem Interesse in das psychologisch orientierte Grenzgebiet eingearbeitet. Jeden neuen Fall, jeden neuen Patienten einschließlich seiner Erfahrungen beäugte sie mit wahrhafter Neugier.

Da sie in puncto Experimentierfreudigkeit einen ausgeprägten Forscherehrgeiz zu entwickeln begann, hatte sie sich bereits zu Selbstversuchen bei den Schläfenlappenstimulationsspezialisten einteilen lassen, um am eigenen Leibe in den Besitz von – wenn auch 'getürkten' – Nah-Tod-Erfahrungen zu gelangen.

4.

„Du hast bei mir schon so 'ne gewisse Andeutung gemacht; und nun musste ich von einer deiner Kolleginnen erfahren, dass du mit deinem Pionier-Ehrgeiz dein Leben aufs Spiel setzen willst" – schleuderte die sonst beherrschte Tova dem etwas überraschten Zwilling entgegen. Titias Augen begannen – eine Augenweide für jeden Beobachter – im brillierenden Grün eines geschliffenen Edelsteins zu funkeln. Sie begann ihr weißblondes Gegenüber, jenes Himmelblau weit geöffneter Augen und den von Sorge gezeichneten Gesichtsausdruck sofort mit dem Vorwurf von mangelnder Zivilcourage zu attackieren. „Komm mir jetzt bitte nicht mit irgendwelchen ethischen Grundsätzen bezüglich der Überschreitung von Grenzen. Ein Löwe, der die Waagschale des Bedenkens zur Devise seines Handelns macht, verliert seinen naturgegebenen Charakter. Ohne Pionierleistung wären wir noch weit vom heutigen Stand unsrer Zivilisation entfernt. Ich möchte lediglich einen kleinen Schritt dazu beitragen." – „Ist denn die Temporallappen-Forschung inzwischen schon so weit, dass man sich auf ein solches Abenteuer einlassen kann?" – fragte die besorgte Schwester mit Anflug von Skepsis in der Stimme. „Aber Tova, man kann inzwischen fast alles, was dem Menschen bei seinem Trip in die Landschaft durchlebbarer Nahtoderfahrung widerfahren kann, aus gehirnphysiologischen Bedingungen heraus erklären und entsprechend damit operieren. Allein die sogenannte Begegnung mit dem 'Lichtwesen', die – wie wir schon lange wissen – Menschen sehr verändern kann, bleibt noch in den Schleier des Nichtverstehbaren und experimentell Noch-nicht-Zugänglichen gehüllt. – Aber schließlich ist man ja bei der Erforschung andrer Bereiche zunächst auf ähnlich geartete Grenzen gestoßen, zum Beispiel – wie dir als Astrophysikerin bekannt ist – bei der Dechiffrierung des Gravitons, der Grundlage jener schwächsten und dennoch maßgeblichen Kraft im Universum. Mach dir keine Sorgen wegen meines kleinen Experiments. Es gibt neue Methoden künstlicher Verlängerung der Out-of-Body-Experience-Phasen – vielleicht mit all ihren möglichen Erscheinungsformen, die nicht nur auf Tunnel-Erlebnisse oder Hallo-Sagen zu denen, die nicht mehr unter uns weilen, beschränkt sind und so die Erlebnismöglichkeiten der Probanden erweitern." – „Der Weg zum Licht, über das 'hinaus Größeres nicht gedacht werden kann'[19], darf nicht erzwungen werden – nicht von experimentiergeilen Probanden, die auf dieser Basis ihre Habilitation meistern wollen." – „Nun aber mal Schluss!" – herrschte der Feuerkopf die in der Schwester verkörperte Eigenschaft der Bedachtsamkeit an. „Ich kenne deine kuriose, längst überholte Vorstellung von einem Schöpfergott, der Geschenke an seine Geschöpfe verteilt, indem er einen kleinen Unfall zulässt und auf diese Weise Einblick in sein Wesen gewährt. Das sind Hirngespinste. Der Mensch muss sich nehmen, was er bekommen kann und was ihm und andren seiner Gattung weiterhilft –

---

[19] Anselm von Canterbury, Monologion+Proslogion, Die Vernunft und Das Dasein Gottes, S. 205

auch und gerade im Bereich der Erkenntnis. In dieser seiner Motivation liegen Fortschritt und Neuerung begründet. – Zu dem Experiment, an dem ich teilzuhaben gedenke, möchte ich dir, liebe Tova, folgende Erklärung geben: wir Forscher, mit den Frage nach der Funktion von Temporallappen und der dadurch ermöglichten Erlebnisweisen beschäftigt, knüpfen heute an die 'aus der Quantentheorie hervorgegangene Vorstellung'[20] an, 'dass das Bewusstsein bestimmt, ob und wie wir ``unsre Wirklichkeit`` erleben.'[21] Diese anfangs des Jahrhunderts noch umstrittene Position gilt heute als die herrschende und hat den uralten Streit bezüglich des Geist-Materie – Dualismus endgültig überflüssig gemacht." – „All das lässt die Suche nach einem umfassenden Prinzip, nach etwas, das nach undurchschaubaren Mustern den Verlauf des Werdens bestimmt, genauso wenig hinfällig werden wie das warnende Daimonion bei der unerlaubten Grenzüberschreitung" – entgegnete Tova.

Der Anfang des vierten Satzes aus Mozarts Jupiter-Symphonie unterbrach das Gespräch und signalisierte den Anruf auf Titias Miniphone. Sie solle sich sofort auf den Weg machen, der Vorbereitungstermin sei vorverlegt – so lautete die Anweisung am anderen Ende der Leitung. So vertagte sie die Debatte über ungeklärte Fragen, hüllte sich in einen leichten Regenmantel und ansonsten in Schweigen. Auf der Station der Klinik angekommen, wurde sie schon ungeduldig erwartet und sofort auf noch nicht besprochene

---

[20] Pim van Lommel, Endloses Bewusstsein, 2011, Patmos, S. 262
[21] ebenda

wichtige Aspekte ihres Vorhabens aufmerksam gemacht. Die Vermeidung eines 'Bad Trip' habe man noch nicht endgültig im Griff. „Ich weiß, ich weiß" – konterte Titia im Anflug von Eile in der Stimme. „Der bei negativen NTEs nicht erfolgende Ausgleich zwischen Endorphinausschüttung und Freisetzung des natürlichen Cannabis – 'was möglicherweise durch übergroße Ängste und andere, das Individuum belastende Faktoren verhindert wurde'[22], kann dazu führen." – „Sie sind gut vorbereitet, Frau Skipper!" – lobte der für die Leitung und Überwachung des Experiments zuständige Chefarzt Prof. Dr. Bernhard die in der mutigen Absicht auf Pionierleistung begriffene Probandin. „Ich werde zwischen Bewusstsein und gewissen Erfahrungen eines Bad Trips, falls er sich einstellen sollte, gewiss unterscheiden können" – sagte Titia mit großer Selbstsicherheit. „Ich bin froh darüber, dass die Wahl auf mich gefallen ist, den ersten Schritt in die noch nicht erprobte Phase bei diesem Out-of-Body-Experience gehen zu dürfen." –

Man hatte dem in eine neue Phase tretenden Experiment wie dem Probanden die besten zur Verfügung stehenden Fachärzte zugeteilt. Titia harrte in angstfreiem Zustand hoffnungsvoller Erwartung dem entgegen, was da auf Menschen als letztes Geschenk der Natur zukommen sollte. Sie war aber weit davon entfernt, irgendeiner in Realitätsnähe rückenden Erfahrung des Angenommen-Seins durch ein allliebendes Lichtwesen Glauben zu schenken.

---

[22] Bernhard Jakoby, Auch du lebst ewig, Hamburg, 2006, S. 91

Von medizinischer Seite her war der Zustand eingeleitet, der auf der Basis neuerer Forschung Hirnfunktionen in Kraft setzen und damit all jene Erfahrungen auslösen konnte, deren Beschreibungen und Kommentierungen aus dem Material der zahlreich dokumentierten nicht künstlich herbeigeführten Nah-Tod-Erfahrungen inzwischen ganze Bibliotheken füllten. Auf Wunsch der Probandin ging man fast bis ans Äußerste der vorgegebenen Zeitspanne – bis hin zu einer Bemessung des Zeitrahmens, der medizinisch zwar noch verantwortbar war, bei dessen Neuland-Betretung man aber mit skeptischer Miene die Messungen der fast bis zum Stillstand gebrachten Körperfunktionen verfolgte. – Ein Bewusstsein auf Wanderschaft – welche Stadien der Erfahrung es gerade wohl durchläuft? – so fragte man sich, abgeschnitten von der Möglichkeit der Kommunikation unter normalen Bedingungen. –

Es war an der Zeit, die Wiederbelebung einzuleiten. Merkwürdigerweise reagierte der Körper nicht. Es schien, als hätte er jeglichen Bezug zur Außenwelt verloren. Man hatte keine Erklärung, nichts Vergleichbares, auf das man sich hätte berufen können. Diese Reaktion – oder genauer – dieses Ausbleiben einer Reaktion entsprach nicht den – wenn auch im Ausnahmezustand befindlichen – als intakt zu bezeichnenden Vorgängen – soweit diese den Messgeräten zugänglich waren. – Endlich! – Es gab ein Augenzucken. – „Wir haben sie!" – rief Professor Bernhard, an dessen düsterem Mienenspiel man immer noch die innere Anspannung vergangener Sekunden erkennen konnte.

„Frau Skipper!" – Keine Reaktion. Ein Händedruck von Seiten des Professors – keine sichtbare Geste, keine Veränderung der Gesichtsmuskulatur, kein ansatzweises Lächeln, kein Aufschlagen der geschlossenen Lider. Da, plötzlich – die Augen – ruckartig weit aufgerissen – sie starren – starren ins Leere. Die Lippen – sie zucken – als wollten sie Buchstaben formen. Man spürte die Anstrengung beim Atemholen, beim Ringen um die Suche nach Silben, um ihre Fassung zu Lauten, um ihre festgefügte Form durch die Artikulation. – Und dann – ganz leise, wie ein Hauch – dann deutlicher werdend, sich zu vernehmender Präzision steigernd, erwuchs es aus dem Kampf um sprachliche Formgebung:

„Weh dem, der zu der Wahrheit geht durch Schuld!

Sie wird ihm nimmermehr erfreulich sein."[23]

„Nanu, könnte das Zitat eines alten Klassikers sein" – wurde als erste Äußerung in der erlauchten Runde lebendig. „Eine solche Reaktion habe ich noch bei keinem NTE-Probanden kennengelernt. Ich hätte nie gedacht, dass Titia außer ihrem geliebten William Blake noch andere Autoren – und dazu noch präatomare Literatur – präferiert. Was das allerdings hier über sie und ihre Lage aussagt, verstehe ich nicht." – äußerte Dr. Meininger, der sich bereits in der Lobus-temporalis-Forschung einen Namen gemacht hatte. Dr. Jakob, ein noch sehr junger Kollege und Hobby-Literat, dessen Urgroßvater, ursprünglich syrischer Migrant, als Schriftsteller und

---

[23] Friedrich Schiller, 'Das verschleierte Bild zu Sais', in: Hrsg. Otto Güntter, Schillers Gedichte und Dramen, S. 38

Friedensforscher über die Grenzen Europas hinaus geschätzt wurde, wusste Bescheid bezüglich der Zuordnung. „Es handelt sich hier um den abschließenden Blankvers der Schiller-Ballade 'Das verschleierte Bild zu Sais'. Ein Jüngling auf der Suche nach Wahrheit trotzt dem Verbot, hebt den Schleier der Gottheit und sieht 'die Wahrheit'. Auf Grund dieser Freveltat reißt ihn „ein tiefer Gram zum frühen Grabe"[24] – so die Kernaussage der Ballade. Das lässt für uns durchaus Rückschlüsse zu bezüglich dieser Situation und vielleicht auf mehr als nur furchterregende Visionen schließen." – „Nie hätte ich vermutet, dass der Bad Trip eines NTE Folgen dieser Art mit sich bringen könnte. Frau Skipper hätte vermutlich Phantasien dieser Art in ihrem Normalzustand als Hirngespinste abgetan. Wir sollten, wenn es ihr besser geht, einen auf Nahtoderfahrungen spezialisierten Psychotherapeuten heranziehen" – schlug der Chefarzt vor.

---

[24] Friedrich Schiller, 'Das verschleierte Bild zu Sais' (in: Schillers Gedichte und Dramen) S. 38

5.

Am nächsten Morgen war Titias Zustand unverändert. Sie lag unbeweglich auf ihrem Bett und starrte an die Decke. Dr. Jakob stellte die Frage in den Raum, ob man angesichts der gesundheitlichen Lage der Kollegin nicht die Eltern oder ihre Schwester benachrichtigen solle. Dr. Meininger, bestens informiert, wenn es um Belange der Kollegen ging, antwortete: „Sie hat das gesamte Team um Schweigen bezüglich der Ausführung ihres Vorhabens gebeten. Den Eltern und auch ihrer Zwillingsschwester, ja meines Wissens sogar unserem Meisterpianisten Frédéric Montana, mit dem sie befreundet ist, hat sie erzählt, sie sei lediglich hier Teilnehmerin an einem mehr oder weniger unbedeutenden Experiment und besuche unmittelbar danach ein vierzehntägiges Seminar. Ich schätze, dass zumindest Tova ihr nicht auf den Leim gegangen ist. Titia hatte außerdem vor ihrer Weitergabe von verschleiernden Informationen dieser Art schon bei uns die Bitte geäußert, dass die Zeitspanne der zwei Wochen auch dann eingehalten werden solle, wenn sich anfangs Komplikationen zeigten. – Meines Erachtens sollte man sich überlegen, ob man unter diesen Umständen die Bitte um Geheimhaltung überhaupt berücksichtigen sollte."

Zunächst beschloss man, mit künstlicher Ernährung Titias Stoffwechsel anzukurbeln; doch eine Veränderung ihres Gesamtzustandes konnte man damit nicht erreichen. Die Farbe des Gesichtes wich, die blasse Haut verlieh den eingefallenen Wangen am Abend einen Hauch von zurechtgezimmertem, gespensterhaftem Out-Look. Nach erneuter Blutabnahme und Ermittlung der Werte zeigten sich deutliche Abweichungen von der Norm. Bald drohte die Beeinträchtigung lebenswichtiger Funktionen. Das Immunsystem schien stark in Mitleidenschaft gezogen. Man wartete noch zwei Tage und beschloss dann, sie auf die Intensivstation zu legen und trotz ihrer Bitte um vorläufige Geheimhaltung die nächsten Verwandten zu benachrichtigen.

Frédéric, eine Woche vor seinem Neustart in der eigenen Praxis, erhielt zuerst die Nachricht über das Befinden der Freundin. Man erreichte ihn auf der um eine Etage höher gelegenen Palliativstation, mit der er auch weiterhin in Verbindung bleiben wollte.

Er schaute in leere Augen. Die Wangen boten einen ausgehöhlten und knöchern-herben Anblick. Titia, die sich als Verkörperung von Eigenwillen, Durchsetzungskraft und blühendem Leben in sein Gedächtnis eingegraben hatte, erblickte er in ihrem Elend.

Vater und Mutter Skipper stürmten in die Klinik und suchten das Gespräch mit Titias Kollegen; Tova war bereits auf dem Weg zur Intensivstation. Sie wagten alle nur mit größter Vorsicht und ohne auch nur den leisesten Anflug eines Geräusches den Raum zu betreten. Es war schlimmer, als sie erwartet hatten. Ein Bildnis des Schreckens bot sich ihren Augen. Jeglicher Lebenswille in der Gestalt schien erloschen, die als Inkarnation des Lebenswillens selbst die Menschen zu begeistern verstand. Sie berührten ihre erkalteten Hände und erhielten nicht die Reaktion einer Lebenden. Mit dem Tode verschwistert, schien ihr geschwächter Körper seinem Siechtum zu erliegen. Die Messinstrumente gaben Auskunft über die spärlichen Restfunktionen. Ein hell summender Ton wie Aufzeichnungen auf dem Monitor signalisierten Gefahr und riefen die Ärzte zu Ort und Stelle. Ein anscheinend endgültiger Zusammenbruch des Herz-Kreislauf-Systems erschwerte die Wiederbelebung trotz allen Fortschritts der Technik und ihrer Möglichkeiten. – Nach zwanzig Minuten Kampf gegen das Erlöschen eines Lebens, das einen so hoffnungsvollen und vielversprechenden Einsatz gewagt hatte, warf man einen resignierenden Blick auf die Geräte und ihr Schweigen.

Doch halt! – Was war das? – Ein minimales Ausschlagen des Zeigers – ein schwacher Pulsschlag? – Ja! – ein leichtes Zucken des linken Augenlids – es schien, als legte sich ein Lächeln um die Mundwinkel. Die ausgemergelten Wangenknochen wurden wie von einem Hauch in die Lebendigkeit hineingezogen. Die Augen öffneten sich. Ein Leuchten – ein smaragdgrünes Funkeln schien vom Odem der Verklärung gezeichnet. Eine unaufhaltsame Metamorphose – ins Leben gerufen – berief das Bewusstsein zum Traualtar seiner seelischen Wiedergeburt.

„Diese Nahtoderfahrung war keine, die der Wille zu künstlicher Erzeugung in die Wege geleitet hat." – Tova hatte als erste den Mut gefasst, dem Geschehen Worte zu verleihen.

Es grenzte an das Wunderbare, mitansehen zu dürfen, wie die junge Frau ins Leben zurückgeholt wurde und in welchen Schritten ihre Genesung Fortschritte verzeichnete. Die künstliche Ernährung konnte wenig später eingestellt werden zugunsten eines heißhungrigen Appetits, der sich zu entwickeln begann. Im Gespräch mit den Eltern und Tova, besonders mit dem Freund, der ganz in ihrer Nähe verweilte und der selbst dann, wenn er sehr beschäftigt war, immer mal schnell zu einem Händedruck oder Blickkontakt und im günstigen Falle zu einem kleinen Gespräch die Treppe hinunter zur anderen Station sprang, begann eine neue Titia – irgendwie verändert – aber mit sich ganz in Reinen – aufzublühen. Sie schien keine Unannehmlichkeit beschönigen zu wollen, keinen Hang nach euphemistischer Aufblähung zu verspüren, weder im Positiven noch im Negativen. Ihre Darstellungen wirkten authentisch. Sie berichtete – bereits aus einem gewissen Abstand heraus – von der Höllenfahrt der durch ihr Zutun herbeigeführten Nahtoderfahrung und von der Unfähigkeit, sich während dieses Verlaufs auch nur ansatzweise vorstellen zu können, es handle sich dabei lediglich um das Produkt physischer Prozesse. Die furchterregende erste Erfahrung – das Geworfen-Sein auf Sinnentleerung größter innerer Einsamkeit – habe im Verlauf dieses erlebten Geschehens ihren gesamten Realitätssinn verändert und diese Form von Existenz als dauerhaft und unausweichlich präsentiert. Aus ih-

rer jetzigen Perspektive glaube sie selbst jene grauenvolle Erlebnisweise heraufbeschworen zu haben, die aber dennoch nicht als das
Produkt der Phantasie abgetan werden könne. Sie verstehe jetzt
viele Dinge ganz anders, könne nachvollziehen, warum ein Geno-
zid durch Führernaturen, die ihre Desintegrationslinie zum Forscher hin beschritten hatten[25], verursacht werden könne. Der Weg
zum Bad Trip in ihrem eigenen Ego habe bereits vor ihrer Höllenerfahrung die ersten Folgen gezeitigt. „Habe ich recht verstanden, dass du dich selbst, dein eigenes Bewusstsein, als Auslöser
dieser Höllenerfahrung betrachtest? Warum konntest du deinem
Bad Trip keinen Schub in die andre Richtung geben und deine
Geisteshaltung ändern?" – wollte Fred von der Freundin wissen.
„Die Frage trifft ins Schwarze" – begann Titia mit ihren Ausführungen. „Ich sehe inzwischen in meiner verfestigten Position – und
mehr noch in dem, was mich dazu getrieben hat, die Ursache meiner vielleicht notwendigen, mich an die Grenze führenden Erfahrung. Ich hielt zu Beginn des visionären Durchgangs am Hochmut
der Überlegenheit, an der Souveränität der Selbstbewusstheit fest,
daran, dass sie durch keine Impression erschüttert werden könne.
Ich sah mich anfangs in einer Welt, in der ich zum Mittelpunkt
meiner eigenen Tätigkeit geworden war. Ich wuchs und wurde
mächtiger, wurde zu einem umkreisten Mittelpunkt, Zentrum eines
selbst gewählten Universums, das sich selbst weigerte, Umkreisen-
des eines anderen zu sein. Ich erlebte mich als Träger des Lichtes
und zugleich als seine bannende Kraft. Ich saugte alles in mich auf,
bis ich kein Gegenüber mehr hatte. Ich war gesättigt, ich war allein;

---

[25] Vgl. Claudio Narajo, Erkenne dich selbst im Enneagramm, S. 46

ich war einsam, isoliert in meiner selbst verursachten Verdunklung zu unendlicher Leere, aus der es kein Entrinnen mehr gab. Die Unbeugsamkeit, die Irreversibilität dieser Erlebnisdimension verfestigte sich in mir bis in den Wachzustand hinein. Ja, ich weiß jetzt, was Hölle ist. Sie ist nicht ein dubioses Außen, das uns verschlingt, sie ist eine Kraft in uns – vielleicht unsre schwerste Prüfung, die nicht nur für uns selbst über Leben und Tod entscheidet, wenn wir auf dem Ego-Trip unsrer Singularität bis hin zur geballten Schwärze vernichtenden Machtrauschs abgefahren sind." – Titia hielt kurz inne. Fred war in seine Überlegungen vertieft und versuchte schließlich dem Erlebnishorizont der außergewöhnlichen Erfahrung näherzukommen. „Wenn ich es richtig verstanden habe, so ist diese Hölle als Nein gegenüber jeder menschlichen Rührung, gegenüber dem Nächsten, gegenüber dem Enthusiasmus jeglicher Ergriffenheit zu begreifen. Ich erinnere mich an meinen in der gymnasialen Oberstufe freiwillig gewählten Religionsunterricht, in dem uns im Rahmen eschatologischer Betrachtungen die Hölle als das Nein zu Gott vermittelt wurde, der Himmel aber als das Ja zur Christusbegegnung im Augenblick des Todes[26], als jenes größtmöglichen Gegensatzes zur luziferischen Dimension der Selbstumkreisung. – Ich bitte dich, an dieser Stelle mir einen Einblick in deine zweite, deine erlösende Vision zu gewähren;" bat Frédéric. – „Diese Erfahrung sprengt in einer solchen Weise die Grenzen des Vorstellbaren, dass sie sich selbst bei allen Bemühungen nicht mehr in Worte fassen lässt" – entgegnete Titia. „Was mir in dieser Vision gegeben wurde, habe ich als das in Erinnerung,

---

[26] Vgl. Ladislaus Boros, Erlöstes Dasein, Mainz, 1965, S. 91

'worüber hinaus Größeres nicht'[27] erlebt werden kann. – Tova möge mir verzeihen, dass ich in dieser Weise mit ihrem vielgeliebten ontologischen Gottesbeweis verfahre."

Lautlos und unbemerkt hatte Tova, im hinteren Winkel verweilend, das Gespräch der beiden verfolgt ohne sich einzumischen. Doch als sie den Mundwinkeln des Zwillings ein verschmitztes Lächeln entnahm, schaltete sie sich sofort in das Gespräch ein: „Ich kenne da jemanden, der mal gesagt hat, dass er Nahtoderfahrungen nicht mehr Realität beimesse als einer psychedelischen Affäre." – „O ja, das habe ich gesagt" – gestand Titia, ohne mit der Wimper zu zucken. „Aber ich muss schon wieder mal auf die Position Blakes zurückgreifen. Er beschreibt in seinem Werk 'A Memorable Fancy' aus der Perspektive des Ich-Erzählers einen Harfner, der zur Harfe singt: 'The man who never alters his opinion is like a standing water & breeds reptiles of the mind.'[28]" – „Aber liebe Titia, das beantwortet noch lange nicht die Frage, woran die Aussage eines Menschen orientiert ist – sofern er sie für wahr hält. Woher willst du wissen, ob nicht alle deine beängstigenden und auch deine wunderbaren Erlebnisse nur das Produkt deiner zu diesem Zeitpunkt veränderten Hirnstruktur waren, der mangelnden CO_2-Versorgung und andrer Bedingungen"? – „Aber Tova! Als ich am Tag und zur Stunde meines Out-of-Body-Experience – es war 17.05 Uhr – ganz woanders war, fuhrst du mit deinem schicken Wagen direkt an der Klinik vorbei und parktest dann neben der großen

---

[27] Anselm von Canterbury, Monologion+Proslogion, S. 205
[28] William Blake, The Marriage of Heaven and Hell, A Memorable Fancy, dtv S. 234

Eiche." – „Wenn dir keiner diese Informationen zugetragen hat, dann ist das wirklich erstaunlich." – „Wer hätte davon wissen sollen; habe diese Infos vor meinem Bad Trip gerade noch so mitgenommen. – Beim positiven Verlauf aber – und das habe ich in meiner eigenen Erlebnissphäre durchlebt – gibt es Zustände, bei denen man den Eindruck erhält, über das gesamte Weltwissen zu verfügen – und mehr noch." – Titias Schilderungen beeindruckten durch einen sich aufbäumenden Enthusiasmus – und das bei der Unterstützung einer Position, die gewiss nicht mehr vor Metaphysikfeindlichkeit strotzte – wenn auch weit entfernt von der Versöhnung mit dieser Disziplin. Sie schien von der Wirklichkeit ihrer Erfahrung überzeugt zu sein. – „Das, was dir bei deinen Visionen als wirklich erschien, entsprang deinem Ich-Gedanken; daran besteht kein Zweifel" – versuchte Tova mit der Position eines cartesianisch verankerten erkenntnistheoretischen Realismus ihren Zwilling aus der Reserve zu locken. – „O ja" – konterte Titia blitzschnell – „aber vergiss nicht: 'der Ich-Gedanke ist der Ist-Gedanke'[29] – und in meiner Erfahrung verschmelzen beide Ebenen zu einer Einheit." – „Ich muss schon sagen, dein Gedächtnis funktioniert brillant." – Tova erinnerte sich, dass sie selbst die Grundlegung des Ich-Gedankens bei Titia im Rahmen der Berichterstattung über ein philosophisches Seminar zur Sprache gebracht hatte. Die Position eines Philosophen aus dem zwanzigsten Jahrhundert namens Wolfgang Cramer und dessen Kritik an der Konstitutionstheorie kantischer Prägung hatte sie jetzt noch als Kernpunkt der

---

[29] Vgl. Wolfgang Cramer, Die absolute Reflexion, 1969

Thematik im Rückblick auf die damalige Veranstaltung in Erinnerung. Cramers Theorie, die ontologische Fundierung der Transzendentalphilosophie betreffend[30], hatte die Köpfe ordentlich zum Sieden gebracht. Titia mit Cramers Kritik an der Kritik der Gottesbeweise[31] zu konfrontieren wäre damals ein sinnloses Unterfangen gewesen. Und jetzt? – Jetzt brauchte sie keine Beweise mehr.

„Mein Schwesterherz, ehemals überzeugte Atheistin, ist zum Mystiker geworden" – triumphierte Tova im Innern. Wer hätte das gedacht! „Kann man sagen, dass du dein gesamtes Welt- und Menschenbild durch diese Erfahrung revidiert hast?" – „Ja" – entgegnete Titia schlicht. „Ich hätte nie geglaubt, dass wir uns im Geiste so nah kommen können. – Wer bist du wirklich?" – so sprach aus Tovas Worten das Erstaunen über das Unbegreifliche im Anblick dessen, was mit einem Menschen geschehen konnte.

Titia versuchte auf die Frage der Schwester zu antworten, ohne nach früherer Manier in die Rolle des Aggressors zu schlüpfen.

„Ich sage dir zunächst, was ich nicht bin: ich bin kein Philosoph. Ich fühle, seit ich zu neuem Leben erwacht bin, dass ich nur durch das bin, was mich ergreift, und überhaupt nur dadurch bin, dass ich ergriffen werde – über die seelenlose Funktion des Automatendaseins und über den unerträglichen Hochmut der denkkraftorientierten Selbstbehauptung hinaus von einem Unaussprechlichen

---

[30] Vgl. Wolfgang Cramer, Die absolute Reflexion, 1969
[31] Vgl. Wolfgang Cramer, Die Gottesbeweise und ihre Kritik, 1967

hinan gezogen werde, mich klein fühlen kann, als Geschöpf, angenommen und geliebt weiß von einem Weltganzen und Weltübergreifenden zugleich. Ja – ich lebe – ich liebe – dadurch bin ich; doch wer oder was ich eigentlich bin, das kann ich nicht beantworten. – Aber eines ist mir klar geworden: In der Nah-Tod-Erfahrung werden dem Bewusstsein zum ersten Mal die Augen geöffnet."

Den Abend dieses Tages verbrachten die Zwillinge und ebenso Frédéric, dessen Gegenwart nicht nur für Titia unverzichtbar geworden war, mit einem vertieften Nachdenken über das Menschsein und versuchten ihren Gedanken Gestalt zu verleihen.

Wer bist du?[32]

Du bist Erde, Stein und Meer,

Lilie, Blüte, Strauch,

Ameise und Maikäfer,

Atem, Luft und Hauch.

Du suchst Heimat, du suchst Ferne,

was die Erde gibt,

du suchst alles Glück der Sterne,

was du je geliebt,

Himmel, Hoffnung, Glanz und Glaube

über ird'schem Preis.

Wisse: du bist Sternenstaub,

der von den Sternen weiß.

---

[32] Vgl. undine leverkuehn, 'Nur wer bereit zu Aufbruch ist und Reise', Oros Verlag, Altenberge, 1994, S. 42

Die Autorin studierte Philosophie, Germanistik, Musik- und Religionswissenschaft in Frankfurt, Köln und Bochum und promovierte zum Dr. phil. an der Johann Wolfgang Goethe-Universität. Sie ist Gymnasiallehrerin a. D.

Literaturverzeichnis

Tony Attwood, Ein Leben mit dem Asperger Syndrom, Trias, Berlin 2008

William Blake, The Marriage of Heaven and Hell, in: The Poetical Works of William Blake, published: 1893

William Blake, Zwischen Feuer und Feuer, Poetische Werke, zweisprachige Ausgabe, dtv, 3. Auflage, 2013

Ladislaus Boros, Erlöstes Dasein, Mainz, 1965

Anselm von Canterbury, Monologion+Proslogion, Die Vernunft und das Dasein Gottes, Hegner-Bücherei, Köln

Wolfgang Cramer, Die Gottesbeweise und ihre Kritik, 1967

Wolfgang Cramer, Die absolute Reflexion, 1969

Nicolai de Cusa, de docta ignorantia – Die belehrte Unwissenheit, Bd. 1, 1964

Réné Descartes, Meditationen mit sämtlichen Einwänden und Erwiderungen, 2011, philosophische Bibliothek

Markus Gabriel, Ich ist nicht Gehirn, Berlin, 2015

Johann Wolfgang von Goethe, Gedichte, Epen, Essays, gesammelte Werke in vier Bänden, Bd. 1, Lizenzausgabe für Bertelmann, Stuttgart

Johann Wolfgang von Goethe, Faust und Urfaust, Stuttgart, 1966, Kröner-Verlag

Johann Wolfgang von Goethe, Hamburger Ausgabe, erster Bd., München, 1974

Trutz Hardo, das große Handbuch der Reinkarnation, Güllesheim, 2006

Bernhard Jakoby, Auch du lebst ewig – Ergebnisse der modernen Sterbeforschung, Hamburg, 2006

Bernhard Jakoby, Das Leben danach, Hamburg, 2007

Franz Kafka, Sämtliche Erzählungen, Frankfurt und Hamburg, Hrsg. Paul Raabe

Immanuel Kant, Kritik der reinen Vernunft, Felix Meiner-Verlag, Hamburg, 1956

Immanuel Kant, Kritik der praktischen Vernunft, Felix Meiner-Verlag 1967

Gottfried Wilhelm Leibniz, Die Theodizee (2 Bd.), 1966

Pim van Lommel, Endloses Bewusstsein – Neue medizinische Fakten zur Nahtodforschung, Patmos-Verlag, 2011

Thomas Metzinger, Grundkurs der Philosophie des Geistes, (Bd.2), Das Leib-Seele-Problem, Paderborn, 2007

Thomas Metzinger, Der Ego-Tunnel, Berlin, 2012

Claudio Narajo, Erkenne dich selbst im Enneagramm, München, 1994

Friedrich Nietzsche, Jenseits von Gut und Böse, in: Sämtliche Werke, Bd. 6, Mundus-Verlag, 1999

Reinhard Renneberg, Biotechnologie für Einsteiger, zweite Auflage, Spektrum 2007

Don Richard Riso, Das Enneagramm-Handbuch, München, 1993

Gerhard Roth, Das Gehirn und seine Wirklichkeit, Suhrkamp, 1997

Gerhard Roth, Denken, Fühlen, Handeln, Suhrkamp, 2003

Gerhard Roth/Klaus-Jürgen Grün (Hrsg.), Das Gehirn und seine Freiheit, Vandenhoeck & Ruprecht, Göttingen, 2006

Friedrich Schiller, 'Das verschleierte Bild zu Sais', in: Otto Günter (Hrsg.), Schillers Gedichte und Dramen, Stuttgart, Klett-Verlag

Jan Stevenson, Reinkarnationsbeweise, 1999

Spektrum, Jürgen Ehlers und Gerhard Börner (Einl.), Gravitation, 2. Überarbeitete Auflage

Spektrum, Roland Wielen (Hrsg.), Planeten und ihre Monde, 2. Auflage

Ludwig Wittgenstein, Tractatus logico-philosophicus, Edition Suhrkamp, 1963

Wörterbuch der Medizin, dtv, ungekürzte Ausgabe der zweiten neubearbeiteten und erweiterten Auflage des Verlages Urban & Fischer, München – Jena, 2000